愛が降る　球場物語

目次

目次

この小説を亡き父母　屋敷一字、孝子に捧げる。

序章

瀬戸内の穏やかな朝が明けようとしている。

尾道水道に揺れる波が、東の方から次第に明るく染まり、やがてはっきりとその姿を現す。

海と小高い山との狭間を這うようにして走る山陽本線を、ゴトゴトと音を立てながら貨物列車がしきりに行き交う。

駅前商店街のシャッターが上がり出し、あちこちから活気に満ちた声が聞こえ始めた。

平安の昔から、千年以上も続くこの古い街の人々の営みが今日も始まる。

尾道の中心部から郊外へ抜け出た小高い丘陵地にその建物はひっそりと建っていた。

「CF尾道みどりが丘」

長く連なる薄汚れた塀にかけられた看板には、そう書かれている。

「あれは何かな？」

タクシーのお客が運転手に問うている。

「お客さん、ご存じ無いんですか？　あれは刑務所ですわ。ここは観光地ですけえのお、市の要望でああいう分かりにくい名前になっとるようなんですわ」

ＣＦ……コレクショナル・ファシリティー、矯正施設の意味である。

辺りの雰囲気とは場違いなこの建物は、『広島刑務所尾道支所』といい、約三百人が収監されている。

そのまま通り過ぎて見えなくなったタクシーと入れ違いに、反対側から、いかつい警察車両がやって来る。徐々に速度を落とし停車すると、重々しい門が開き、車はそのまま「ＣＦみどりが丘」の中に、車輪を軋ませながら、ゆっくりと入って行った。

中庭では刑務官が厳しい声を上げている。

「イッチ、ニィー、イッチ、ニィー!」と号令を掛けながら、整列した囚人たちの列の脇を車が通り過ぎてゆく。

本棟の保安事務所を通過した警察車両は、奥まった別棟の前でやっと停車した。

「着いたぞ。今日からここがあんたの寝蔵だ」

通称、ＰＺ刑務所、高齢者専用の服役施設である。

刑務官に促され、沢木清造は、ゆっくりと車を降り立って建物を見上げた。

暗がりに慣れた目には、朝の光は眩しく、何度もまばたきをしなければならなかった。

第一章

PZ刑務所

ＰＺ刑務所の刑務官室では、看守長の森島貫治が、部下の新谷健一に向かって、いつものように分厚い書類を読み上げていた。

「沢木清造…七三歳、広島刑務所からの移送…か。二二歳の時に強盗殺人、無期懲役の判決…四六歳で仮出所。その後各地を転々としていたらしいが、六五歳の時に岡山で傷害事件を起して再度投獄…」

その書類を覗き込みながら若い刑務官の健一が合いの手を入れる。

「仮釈放中の身でありながら住所不明でその上傷害罪ですか」

「ああ、工事現場の仲間内での喧嘩の巻き添えらしいが、仮釈放中じゃと刑罰も厳しいけえのお。八年も増刑されてしもうとる。馬鹿なことをしたのお。この沢木、秋には出所のようじゃが、身元引受人はおるんかの…」

と、貫治は深い溜息《ためいき》をついた。

新しい服役者は、建物の中ほどにある処遇施設室に待機させられ、ここで、ひと通りの説明を受ける。

「沢木清造じゃったね？ 今日からあんたの名前は三〇二番じゃけの。貴重品はこん中へ入れんさい」

看守長の森島貫治は、布の領置袋を手渡しながら、テキパキと説明を続ける。

「ここはＰＺ刑務所と言われとる。Ｐはpysicalで身体、Ｚは分類上の・・・まあ、疾患現象という意味だ。高齢者や体調の悪いもんが多い施設じゃけ」

見ると施設内の廊下の中ほどには手摺《てすり》が長く設けられている。

足腰の弱った高齢の服役者は、これにつかまって歩けるようにとの配慮がされていた。床もバリアフリーになっている。

「・・・Ｚか・・・要するにアルファベットのどん尻・・・人生最期の場所ってことか」

チッ、と舌打ちをして、沢木清造が吐き捨てるようにそう呟いた。

「なんちゅう言い草や。ここはあんたらみたいな人のために看守長らが中心になって改善に改善を重ねてやっと今のようになっとるのに。文句言うたらバチが当たるど」

　ムッとした部下の新谷健一をマアマアと制して貫治は説明を続けた。

「独居房の方がええんかも知れんが、収容人数の都合もあって六人の雑居房に入ってもらうけえの」

　健一がその後を引き継いで事務的に説明を続ける。

「起床は朝六時四〇分、作業は一日六時間。その間二時間の休憩、風呂は週二回・・・」

　雑居房の壁には「眼鏡・補聴器貸出可」「寝付の悪い者には湯たんぽ有」と張り紙も掲示されている。小机やテレビ、六人分の寝具が整然と積まれ、隅にトイレが配置されている。

　ふと、清造が引き摺《ず》るようにしている左足に貫治は気がついた。

「足が悪いんか。まあ無理せんように・・・。持病があれば言うとってくれれば、こっちで医務室へ手配しとくけな。ここで元気になって、秋には出所せんと

「……」

「……ワシみたいなものは……ここで死にゃあええんじゃ……」

誰に言うとも無くポツリと漏らした清造のひと言に、貫治は改めて深い皺の刻まれたその横顔をまじまじと見つめた。

「……作業場を案内しとこう。ここには四三人の収容者がおる。歳は六八から八六までといろいろじゃ。年寄りが多いが、まあ皆と仲良うやってな」

隣接する作業場に移動しながら貫治が説明した。そこでは収容所の老受刑者たちが、それぞれの作業机で封筒の糊付け作業をやっている。主に紙細工等の作業が中心なのは、指先を使うことでボケ防止にもつながることからである。

早速作業担当の刑務官が清造に作業工程を説明する。

「あんた、新入りじゃな？　どこのムショから来たんけ？」

慣れない手付きで作業を始めようとした清造の背後から、嗄《しゃが》れ声がした。

「へへ。大丈夫じゃて。ここは他所と違うて、そないに厳しゅうないけの」

前歯の抜けた老囚人がニタッと笑って清造に話しかけた。

「わしゃー千頭和左門、千の頭に平和の和で、ちずわ。服役五回の七六歳じゃ。これでも昔は町役場の助役を務めましてなあ。そりゃあもう真面目で堅実な毎日を送っとりましたがな。それがあんた、競馬を覚えてつい役所の金に手を出してしもうてねぇ……」

黙ったまま作業を続ける清造を尻目に、左門が話し続ける。

「女房は娘を連れて出て行くわ、友人親戚には見放されるわで、まあそうなると人間堕ちるのは早いでぇーー」

「しかし……ウォッホン！　問題はですなあ、犯罪者が更正して社会復帰してゆくためのきちっとしたビジョンをだねぇ・・・社会全体がもっとらんということですよ……」

「おーい千頭和、助役の仕事はそんくらいにしとけーや。作業に戻らんと今日の賞与金は出んけえのぉ」

見かねた貫治の声が飛ぶと、左門はペコリと首をすくめて見せ、

「ここでは一日働いても百四十円、しけたもんよのぉ〜」

そう小声で清造に囁《ささや》くと席に戻りながら、

「ところでアンタ、何をしでかしてここに来よったんや？」

しつこい左門に振り返りもせず清造が答えた。

「……人を殺した……」

「ヒ……ヒィーッ！」

気軽に声をかけていた左門であったのに、そのひと言を聞いたとたんに慌ててそそくさと自分の席に戻って行った。

南を海に面したここ尾道の北側丘陵地帯にあるこの辺りでは、西陽《にしび》の当たる時間は短い。

「オイッチ、ニー、オイッチ、ニー！」

夕方、一日の作業を終えて各々の収容棟に戻る老囚人たちの列に、健一がしきりに号令をかけている。が、足を引き摺《ず》る者あり、腰の曲がった者あり、中にはスーパーマーケットから払い下げてもらった買い物カートを押して歩いている者もいる。皆それぞれマイペースでゆっくりと進んでゆく。

「ハイッ、みんな気～つけて歩け～よ」

貫治も一緒に歩きながら元気づける。

老受刑者たちの不揃いな長い列が、暮れかけた西陽《にしび》を浴びて廊下の長い壁に異様なシルエットを浮かび上がらせていた。

第二章

カープ誕生！

沢木清造が収監されることとなった雑居房には他に五人の老囚人がいた。

先ほど助役と呼ばれていた男が、旧知の間柄のように話しかけてくる。

「一応紹介しとこうかの。こん男は坂東八郎、広島カープ草創期の元ピッチャーだったそうじゃ。だからあだ名はベース板《バン》」

白髪頭で七五歳の年になっても元野球選手だけあって堂々たる体格をしている。

「終戦後、広島にもプロ野球の球団が出来るいうんでな、ちょっとした大騒ぎよ。入団テストには百人も集まったけえのお。近所の八百屋のおっさんまで受けに来とった。まあ、わしは十球で合格じゃがの」

得意げに話すベース板であったが、

「それが結婚詐欺でアッという間の解雇じゃけ」

と助役が話の腰を折る。

「まあ、そうは言うてもわしらん中じゃあ、アンタが一番の英雄じゃけーのー、カープの元選手は腐っても鯉じゃけ。オナゴにもモテるしのお？」

　ククッと笑う一同を尻目に、怒ったような口調が癖の男が不愛想に口を開く。

「ふんっ、わしは猫本平之進《へいのしん》、当年とって七〇歳じゃ」

「ワハハ、平さん、嘘はいけんどー、嘘は泥棒の始まりじゃ。どう見ても八〇は越えとるじゃろうが〜」

　と助役。

　実際の平之進はこの中で最年長の八四歳であった。

「わしゃー面倒なから七〇から年を数えるのをやめたんじゃい」

「ほいじゃが爺さん、自分の年くらいはきちんと覚えておかんと年金ももらえませんぞー」

　助役が役人口調で口を突っ込む。

「へっ、わしゃあこん国の世話んなぞ絶対ならんわい！」

「ちぇっ、二二回もムショを出入りしとってよう言うわ、こそ泥のクセして……」

ベース板は口が悪い。

が、平之進はスーっと背筋を伸ばしてムキになって言い返した。

「人様からはうんとこさ銭を頂戴したこのわしじゃが、ただ一度だけ、わしの方から銭をくれてやったことがあるっ。戦後すぐの広島カープの樽募金じゃ！」

いつものお決まりの話らしく、皆はうんざりしているようだったが、清造は聞き耳を立てた。

「平さん、あんたが盗んだ金なんか寄付しよるけぇカープはなかなか優勝出来んかったんじゃろうが」

「せや、坊や、うまいこと言いよる！」

ベース板《バン》が笑う。

「へっへ、わし山本金三郎、こん中で一番若い六八歳じゃけ。皆に坊や言われとるけ覚えといてな」

坊やは薄くなった自分の頭を左手で撫でながら続けた。

「わしゃー原爆孤児でのー、学校なんか行っとらんのよ。ホイでグレてしもうとったんじゃが……食うもんも無くて腹が減って、あっちこっちで盗みを働らいて凌いどったようなワルじゃったんじゃ。そのわしを、あの人はまともに扱うてくれてのー……」

憧れの人を懐かしむように目を細めて、坊やは雑居房の壁の遥か遠くを見つめた。


その人の名は石本秀一、広島カープ初代監督である。

昭和二〇年八月六日、人類史上初の原子爆弾投下によって焦土と化し壊滅した広島の街ではあったが、残留放射能がまだ消えない中でも人々はその焦土の上で生活を始めた。否、嫌でも生きてゆくしか無かったのである。

掘っ建て小屋が、バラックが、ひとつ、またひとつと焼け爛《ただ》れた広島のデルタの上に建てられ、生き残った人々は再びこの街で生きてゆく。住む所も家族も原爆で失い、また自分の身をも原爆症によって蝕まれながらも。

広島市民球場北側の辺り一帯には西方の太田川の河岸までびっしりと「原爆スラム」と呼ばれるバラックが建ち並び、被災者たちが寄り添うようにして生活していた。

その中に、原爆孤児となった坊やたちの一団も紛れ込んで暮らしていたのである。

生命《いのち》とは、何とたくましいものであろうか。

「七五年は草木も生《は》えぬ」と言われた広島であったが、翌年の春には焼け焦げた街路樹の枝から緑の芽が顔を出し、鳥たちが鳴きさえずった。

屍の街だったこの街にも、赤ん坊の産声が次々と聞かれた。

生命の営みは絶えることを許しはしなかったのである。

広島駅前には闇市が建ち並び、食糧や物資を求める人々で連日溢れかえった。一方では原爆症で苦しむ人々、昨日まで元気だった人が突然発病し苦しみ悶えて死んでゆく姿もそこここで見られた。

瓦礫は掘り起こされ、その上に新しい家が建てられた。道路が整備され橋が架け替えられた。街は復興に向かって突き進んでゆく。

しばらくすると、娯楽の少なかった戦後の広島市民の中から「わしらのプロ野球球団をつくろう！」という話が持ち上がった。原爆から復興する広島市民のシンボルとして…。

広島は昔から野球を始めとしてスポーツの盛んな土地柄であった。

地元企業や広島県、広島市、その他の地元自治体が協力団体となり「広島野球倶楽部」が創立され、一九五〇年一月、市内中心部で行われた球団結成式には二万人の市民が集まった。

この広島カープの初代監督が、石本秀一その人であった。

一八九七年広島に生まれ、母校広島商業高校を監督として戦前の甲子園大会で三度の全国制覇に導いている。その手腕をかわれ一九三六年から四年間プロ野球大阪タイガース(現・阪神)の監督に就任。あの伝説の投手、沢村栄治擁する東京巨人軍打倒に燃え、伝統の一戦の礎を築き二度の優勝を飾った。その後プロ野球数チームの監督をした後、広島での球団結成に際し、「野球人生の最後を故郷広島の復興のために」とカープの監督に就任した。

しかし資金難で開幕三ヵ月前になっても一人の選手も集まらず、乏しい資金のため選手集めにも限界があり、カープは当然最下位を低迷する。

シーズン中も選手の給料の捻出のため夜遅くまで金集めに奔走しなくてはな

らなかった。原爆で壊滅した広島には、プロチームを支え切れるほど大きな企業がまだ無かったのである。

遠征先の旅館では、夜寝る前、石本自らがパチパチとソロバンを弾いて資金の算段をした。商業高校出身のため数字には強かった。また自ら市役所前でカープ存続の演説をぶったりもした。

弱小チームの試合には客も入らず、給料未払い、連盟への分担金未払い、合宿所の家賃滞納、揚げ句の果てには遠征の列車代さえも無い等々・・・球団の経営は火の車。どうにもいかず、一度は球団の解散が決定されラジオニュースで流されるという事態にまで陥った。ところがそのニュースを聞いた市民が続々と駆けつけて来た。

このカープ消滅の危機を救うため、遂に広島市民が立ち上がったのである。

市内各地域で「わしらのカープを救え！」と後援会が相次いで結成され、球場の入口には広島カープ救済の「樽募金」が設置されて、ファンや市民がなけ無しのお金を投げ込んだ。
石本も度々、この前に立って募金を訴えた。

一九五二年、十五歳になった坊や、山本金三郎少年たち。荒んだ日々を送っていた彼らにとってもカープはひと筋の光のような存在であった。

カープの選手が他球団の有名ピッチャーの速球をカキーンと外野手の前に打ち返すのを見ようものなら、胸がすくほどの陶酔を覚えた。

ある日の試合前、県営球場前でやっていた樽募金に、坊や山本少年がなけ無しのお金を入れようとしたその時、

「待ちんさい！」

とその右手を掴《つか》んだ黒い毛むくじゃらの太い腕があった。
ユニフォームを着た石本秀一監督その人であった。

石本の風呂嫌いは有名で、色黒なのは垢がこびり付いているからだと噂する者もあったほどだった。

その石本が腕を掴んだ少年の身なりはと言えば、薄汚れたランニングシャツに破れたズボン、足には古びた雪駄を履いている。原爆で親兄弟を亡くし、当時、食うや食わずの痩せこけた坊やたちのような身なりの少年たちが広島にはそこら中にいたのである。その少年たちも含め、市民やファンのなけ無しのお金で広島カープは支えられていたのだ。

石本自身、たまたま原爆投下当時田舎に疎開していて命が助かったが、市内で暮らしていた父母と弟妹を原爆で亡くしている。その悲しみや痛みが良くわかっていたのだろう。

「あんたの気持ちはわしがしっかりもろうた。じゃが、そのお金は大切なお金じゃろう。しっかり食べて、またカープを応援してくれんさい！　わしらも頑張るけえ。ありがとうのぉ、兄ちゃん……」

「……ああいう人には会ったことが無い。わしにとっては神さんのような存在じゃった。あの人がおらんかったら今のカープは無かったし、わしもおらんかった。あの人がわしの先生で教科書じゃったんじゃ……」

坊やがうっとりと昔の思い出を語った。

「フン、それが何で、こないな所に出入りを繰り返しとるんじゃ?」

平之進が横槍を入れる。

「それよー、カープに入れ込み過ぎたのがいけんかった……。勝っては酒、負けては酒が間違いの元よ。酔った挙句に喧嘩して人を刺してもうて、それからは運の落ち通しよ〜」

坊やがぼやいた。

と、誰ともなく小さな声で口ずさみ始め、それにつられて房のほかの皆も声を合わせて歌い出した。

いつともなく、誰とはなしに、カープファンの間で歌い継がれてきたあの歌……童謡「カチカチ山」のメロディーにのせたあの応援歌である。


♪宮島さんの神主が〜

おみくじひいて申すには〜

今日もカープは〜勝〜ち勝〜ち勝〜ち勝ち〜♪


老囚人たちの明るい歌声に、清造にも、冷たい雑居房が少しだけ暖かく感じられたから不思議であった。

突然、室外の廊下から『滅灯！』と号令が飛ぶ。

雑居房の電灯が消され、あたりは暗闇に包まれる。

「あーあ、今日も夜は長いのぉ〜」

「ふん、まだ宵の口じゃ」

薄暗い中で老人たちのヒソヒソ声も段々と小さくなってゆく。
小さな窓から差し込んだ僅かな月明かりが、仄かに部屋の床を照らしていた。

第三章

一九四五年八月六日

一九四五年八月五日、国民学校に通っていた十二歳の沢木清造は、広島市元柳町の実家で最後の夜を過ごしていた。元柳町は今の平和公園内の西側本川河岸に位置し、ここで父は内科医院を営んでいた。清造は父母、姉、内科を手伝っている兄と兄嫁、中学生で一つ上の兄の七人で暮らしていた。

戦況の悪化に伴い、広島市も近いうちに空襲は避けられないとの判断で、十二歳までの国民学校の生徒は郊外に学童疎開となった。実は清造の通う本川国民学校の生徒は七月下旬に学童疎開を終えていたが、たまたま出発当日、折からの風邪により高熱を出して清造は寝込んでしまい、行くことが出来なかった。やっと熱も下がり体調も戻ったところへ、翌八月六日の朝、近所の人で疎開先の可部《かべ》方面に用事で行く人があると聞き、清造に同行してもらうことになったのである。

今は平和公園となったこの付近一帯は当時中島地区と呼ばれ、太田川によって作られた三角州の一つである。中島と呼ばれる州の北の突先はT字橋で有名な相生橋で始まっていて、太田川はここから東に元安川、西に本川と二つに分かれて瀬戸内海に流れてゆく。その狭間に土砂が堆積して出来た中島の州は、江戸時代、広島城の城下町であった頃からとても繁栄した地域であった。

二つの川の中ほどからこの中島に架かる元安橋と本川橋を結ぶ通りを中島本通りと呼び、明治から大正期にかけては、広島市内最大の繁華街であった。

一帯にはお寺や料亭、呉服店や病院、会社などはもとより、カフェや映画館まであって、東京浅草の仲見世のように商店がぎっしりと軒を並べて賑わっていた。

沢木内科医院のある元柳町は、この繁華街を少し南に下った辺りにあり、付近には廻船問屋が軒を連ね、繊維問屋もたくさんあった。

本川河岸には「かき豊」というかき船が浮かび、干潮の時には広い干潟が出来て子供たちがそこへ下りて無邪気に遊んでいた。

川岸には桜土手があり、春ともなればボンボリが懸かり花見をする人でよく賑わった。

ただ、それもこれも日本の戦況が悪くなる以前の話である。戦争が激しさを増し、生活物資さえも統制され配給となり、商売はままならなくなってしまった。

「やれやれ、清造は心配したのお、治って何よりじゃ。山田の兄さんが連れて行ってくれるんで助かったわ」

父が卓袱台でお茶をすすりながら母に話しかけていた。

「お前らはええのう。年が一つ上いうだけで、わしらは市内に残って建物疎開作業じゃ。あれホンマきつうてかなわんわ」

一つ上の兄、利彦は県立二中に通っていて、この炎天下、連日市内中心部の建物疎開作業に駆り出され毎日ヘトヘトになって帰ってきていたから思わずぼやいた。

「ほんまにねえ。清ちゃん、明日は朝早いのだから、あんた早う寝んさいよ」

台所で洗い物をしながら母が急かした。

「はーい」

明朝は五時半起きで六時過ぎには近所の山田のお兄さんが迎えに来るという。

母に追い立てられるように清造は寝床に就いた。


それが、母と兄とのこの世での最後の一夜になった。


翌八月六日早朝、朝飯もそこそこに山田のお兄さんに連れられて、清造は疎開先の広島市北部郊外の可部・福王寺へ向かって元柳町の自宅を出発した。

路面電車で横川まで行き、ここで国鉄に乗り換えて可部に向かった。

その日、広島の空は雲ひとつ無く晴れ渡り、空はどこまでも青く澄んでいた。

丁度、清造たちが約十キロ北の可部駅に着いた時だった。

運命の八時十五分、産業奨励館の南東約六百メートル上空で炸裂した世界最初の原子爆弾は、半径六百メートル以内で屋根瓦の表面をも融かすという三千度から四千度の凄まじい熱線を発し、全市を一瞬にして壊滅させる爆風と衝撃波が広島を襲った。


清造の父と長兄は自宅二階の内科医院診療室で準備の最中だった。

ピカッと光った後は、何が何だかわからない、ドーンと凄まじい轟音と衝撃によって天井が崩れ落ち、家もろとも押し潰され下敷きとなった。

（うーん……）少しの間気を失っていた長兄の修一は気がつくと、自分が診察机の下に転げ込んでいて、僅かに出来た隙間から辛うじて外に這い出すことが出来た。

すぐ近くにいた父がいないはずは無い。あたりを探すと瓦礫の下に埋もれてうめいている父を発見した。必死になってこれを引っ張り出し何とか助け出す。しかし一階でまだ家事をしていたはずの母と自分の妻がどこにも見当たらない。

耳を澄ましても、名前を呼んでみても呻き声の一つも無い。この家の下敷きになっているとしか思えなかった。

次男の利彦は、今朝も建物疎開作業で朝七時頃家を出発していたから安否は心配だが、この中には居ないはずだ。

そうこうしているうち、あっという間に辺り一帯は轟々とした炎に包まれ、もはやどうすることも出来ずに、長兄は父を連れて火の間をくぐるようにして本川河岸を伝って北へ逃げ、相生橋のたもとの焼け残った商工会議所の建物の玄関へ来て、そこで一夜を明かした。

翌七日、娘を探しに来た長兄の妻の父に助け出され、郊外の府中の家まで運ばれた。

一方、清造はというと、電車を可部駅で降りたとたんに、カメラのフラッシュの何百倍もの光を感じたと思ったら、自分の背後の広島の街の方角から、「ドドーン！」という凄まじい轟音。次の瞬間、台風とも地鳴りとも区別のつかないような強風が激しく吹いて辺りを通り過ぎていった。

どうやら巨大な爆弾が落されたらしいことだけは分かるが、それにしてもこれは一体何としたことか!?

すぐさま駅のホームの端へ駆け戻り南の空を見上げると、ムクリムクリとけたたましい勢いで、真っ黒で大きい不吉な雲が広島の街の上空に涌き上がり続けている。

「なんじゃあ、ありゃあー!?」

ただならぬものを感じとった山田の兄さんは、急いで清造を疎開先の福王寺に送り届けた後、家族の安否を確かめにそのまま市内へ引き返した。

八日になって、岡山から駆けつけた姉の英子が清造を迎えに来て、府中の兄嫁の実家で、助け出されていた父と長兄にやっと再会することが出来た。

二人とも無傷ではあったが、至近距離から致死量の放射線を浴びたため、父は十一日、兄も十四日に体中に紫色の斑点を浮かびあがらせて苦しみながら息を引き取った。

父と兄を助け出した兄嫁の父は、嫁いだ娘の消息が心配で毎日のように沢木医院のあった元柳町や中島の辺りを探しまわったが、どうやっても見つからない。

ある日、家のあったところを掘り起こしていると、台所のあった辺りにアルミの鍋がつぶれて転がっていて、その中から娘のものと思われる顎の骨が出てきた。

押し潰された家の下敷きになって、母と嫁は生きながら焼かれたのだと思われた。不憫でならないと泣き暮れたが、遺骨が判明しただけまだましだと思わざるをえなかった。母の骨は遂に見つからなかったのだから。

清造の一つ上の次男の利彦の生死は今もって分らない。

あの日、県立第二中学校の生徒は中島新町で行われる建物疎開作業に動員され、朝八時、新大橋の東詰たもとから本川に沿った道路上に集合して、一年生一学級から六学級まで二列横隊で東を向いて丁度点呼を受けていた。

その時、まさにB29爆撃機エノラ・ゲイ号が北東より広島市上空に入ってきた。

青い空に、キラリと光る機体を見つけて、生徒たちは口々に「敵機！敵機！」と叫んだ。

五学級では「休め」の号令がかかり、先生の、

「B29がどっちに行くかよう見とれ！」

1945年8月6日

との声に、みんなで空を見上げていた。

その瞬間、はるか上空で原子爆弾が投下され、その四三秒後、それは広島二中の生徒が並んでいた本川土手の北東五〇〇メートル上空で炸裂したのである。

三二二人の一年生は元気だった最後の四三秒間をしっかりと記憶していた。

瞬間、直径一〇〇メートル、表面温度四〇〇〇度の太陽のような火の玉が出来、オレンジ色の閃光と熱線、その後を凄まじい爆風が追いかけた。

二中の一年生たちは、閃光に目を焼かれ、服は燃え出し、その一三歳のまだ小さな体は地面にたたきつけられ、吹き飛ばされた。

ある者たちは目が見えなくなったまま爆風で川の中に吹き飛ばされ、またある者たちは壊れた建物の木やレンガが飛んできてその中に埋まった。

そして多くは、並んだままの姿で、どちらが顔やら頭やら分らぬほどに真っ黒にその場で焼かれたのである。

生き埋めになって這い出した者もいた。

腰まで砂に埋まって気を失っていたが、気がついて燃えている砂を手で掘って這い出した。

原爆の凄まじい熱で、その時、砂も燃えたのだ。

生き残った生徒たちは、皆、「お父さん、お母さん、助けて～」と口々に叫んでいた。

辺りはあっという間に火の海となり、生徒たちは川に追いやられた。そして多くの生徒がそのまま川へ飛び込んで、力尽き溺れ死んで流されていった。

熱線で大火傷を負った上この猛火で、逃げ場を川へ求めこの付近の負傷者が殺到し、新大橋近くの本川へ下りる石段には二千人もが一杯に押しかけ、多くの者は石段の途中で力尽き息絶えた。

県立二中の生徒で、あの一瞬を生きのびた者が何人だったのか、今となっては知るすべもないが、いずれにしても六日後の八月十二日までに、一年生三二二人全員が亡くなったのだった。

爆心であった中島地区の被害は広島市の中で最も激しく、ここにあの日いた人すべてが死に絶えたのである。

1945年8月6日

暗闇の中で、沢木清造は悪夢にうなされ目を覚ました。首の回りにびっしりと冷や汗が浮かんで、心臓もまだ高鳴っていた。鉄格子の窓が、朝の光を浴びて薄茶色に輝いて見える。遠くからドアを叩く音と、「起床！」の声が近づいてきて、清造はやっと我に返った。

第四章

夜の雑居房

刑務官が「起床！」と号令を発しながら勢い良く一つひとつの房のドアを叩いて回っている。

清造が慌てて正座しようとするが、坊やがその肩をたたいて、

「いいのいいの、ここでは一人一人の点呼は無いんじゃ。要は生きとるかどうかの確認みたいなもんじゃけ」

と教える。

その時、突然ヌーッと監視窓から貫治が顔を出した。

「二五一番山本金三郎。朝食後、支所長面接！」

そう言われてビクッとしたかと思うと、坊やの表情がみるみるうつろな暗い顔つきに変わってゆく。


朝食後、早速今日の作業の開始である。

集まった老囚人一同を前に、看守長の森島貫治が朝の標語を復唱している。

「働く心は父心、怪我《けが》でもしたらば母が泣く。では本日も作業開始ぃ!!」

「へーい」

と、それぞれの持ち場についてゆく。

威勢のいい標語の割りには皆マイペースである。

「山本ですが……やっぱりいつもの病気で……。部屋で休ませておりますので」

健一がそっと貫治に報告した。

「しょうがないのお~」

そのやり取りを小耳に挟んだ清造がいぶかしげにしていると、助役がこっそりと耳打ちしてきた。

「坊やがな、部屋に引きこもって出て来んのよ。何でか分かるか?」

「いや……」

「明後日が出所日なんじゃ。大体の者は出所が近づくと情緒不安定になる。身寄りがあって行く所があるモンはあんまりおらんけな。まあいつものことじゃがのぉ～」

「いつもの？」

と清造が怪訝そうに言うと、

「まあ、じきに分かるて……」

気を持たせるようにそう言うと作業を続けた。


午前中の作業が終わり、昼食を食べた後、午後の作業の合間の短い休憩時間は、老囚人たちの憩いの時だ。

といってもほとんどの者は中庭のベンチに座って日向《ひなた》ぼっこを決め込んでいた。運動場内で歩いたり体を動かしている者はほとんどいない。

「ほれほれ、歩いて体動かせーよー。そんな所に座りこんどったら足腰が衰えてしまうど～」

貫治が檄を飛ばす。

「そういやー最近腰を使うとりまへんな～、ナマンダーナマンダー」

清造と同じ雑居房の六人目のメンバー、稲井良寛がお経のような、ひとり言のような文句をブツブツと呟いた。例によって助役が親切にも清造に教えてくれる。

「こん人は、お寺の坊さんで名前もズバリ良寛て言いますのじゃ。七七じゃったかのぉ？ 仏に仕える身でありながら、お経唱えながら檀家の奥さん連中をたらしこんで五回も詐欺で捕まっとるんじゃ。ホンマ良寛さんの名前が泣きますで・・・」

「ウォホホン！ 拙僧がオナゴに接するは無上の慈愛を施さんがため。仏のお浄土を現世にて体現せしめよとのお告げによるものでありますで～。詐欺ではなくお慈悲なのじゃ～」

「功徳じゃなくてクドイんじゃ、この助べエ坊主！　助べエにお告げが下るわけ無かろうが～」

説法口調の良寛の言い訳を遮るようにして、ベース板が一喝した。

その絶妙な言い回しに、辺りにいた囚人たちにも笑いがこぼれた。


午後の作業が終わると夕食の時間となる。作業場のすぐ隣が食堂となっている。座って待つ囚人たちのテーブルの上に、配膳係によって夕食が配られてゆく。

その後ろを健一がナイフとフォークを各人の前に置いて回る。

「!!」

無造作に囚人たちの一人ひとりの前に、金属製のナイフとフォークがセットで配られるのを見て、清造は驚いた。

殺傷事件や自殺などを防止するため、拘置所や刑務所で被疑者や受刑者の近辺に、刃物や尖った武器になるようなものを近付けるのは厳禁とされているからだ。

その驚きを目ざとく感じ取った最長老の平之進が清造に説明してやる。

「へへ、びっくりしたんじゃろう。ここは年取って歯の悪いもんが多いけえなあ、刻んであるくらいじゃあ固うてよう食べれん者もおるんでな」

モゴモゴと説明するのでよく分からない。良寛が代わって説明した。

「貫ちゃんがな、上に許可を取ってくれたんや。ここはまず殺傷事件なんかありまへん。大丈夫じゃいうて掛け合うてくれたんよ。まあもっとも、誰かがナイフで刺されて死んだ方が役所も助かるゆうもんやろうがのお、助役？」

「役所としてはもちろんですな〜、ナンマイダ〜ナンマイダ〜」

助役が良寛の真似をしておどけて見せた。

高齢化社会を迎えた今、刑務所さえもその例外ではない。高齢者の多い刑務所は、自然と福祉施設の側面を持つようにならざるを得ない現実がある。歯の悪い者にもおかずを細かく切って噛めるようにできる配慮から、ここでは献立によってはナイフとフォークを使うことが許されるのだ。老囚人たちの終焉の地ともいうべきここPZ刑務所では、もはやナイフやフォークをもって抗うほど血気盛んな者もいないのである。

また道具だけでなく、食事の献立そのものにも医療上の配慮がなされている。高齢者特有の高血圧防止のため、減塩食となっていた。

房には入院病棟にも似たコールボタンがあり、夜半体調の悪くなった者はそれを押すと廊下の天井のランプが点滅し、急を知らせる仕組みにもなっていた。

しかし、その手厚く行き届いた配慮による弊害も生まれていた。

「ＰＺ《ここ》」を経験した者は、困ったことにその居心地のよさに出所してからも、真冬にホームレスになるよりはまし・・・と、再犯を重ねて意図的に舞い戻って来るのである。

二年前の秋、広島市で起こった強盗未遂事件で逮捕された七四歳の男は、

「寒くなる前に尾道の刑務所に戻りたかった……」と動機を語った。

高齢で、住む所も働く所もままならない彼らは、再犯であるがゆえにコンビ

ニで五〇〇円の弁当一個盗んでも、執行猶予無しの懲役刑が下る。

中国地方での高齢受刑者は尾道のＰＺ刑務所に収監される。

その高齢受刑者の十五％が前科十犯以上、中には前科二二犯という強者もい

た。

ＰＺ《ここ》へ戻るため、彼らも必死なのである。

食事の後、週に二日は入浴の日があり、その後は夜九時の滅灯まで雑居房ではテレビを見ることも許されていた。

テレビでは丁度、広島市民球場で行われているプロ野球ナイター、広島カープ対巨人戦を中継していた。

カープは佐々岡が先発し、好投するも三回に巨人の高橋由信にソロホームランを一発、五回には二岡にツーランホームランを浴び、三対〇とジャイアンツがリードしていた。

カープ八回裏の攻撃、

「よっしゃ、ノーアウトでランナーが出たどお、いけいけカープ!!」

無類のカープファンである最高齢の猫本平之進が膝を叩いて応援している。

「あらら、もう九時になりよる……」

元カープのベース板《バン》が情けない声を漏らす。

案の定、廊下から刑務官の健一が「滅灯～っ！」の号令をかけて回ってくる。

「坊や、例のやつ……」

板《バン》が指示すると、坊やが慣れた様子で廊下を通る健一に小声で
「看守さん、すんません、いつもの補聴器、ひとつたのんます……」

「いつもの補聴器な……」

刑務官室に戻った健一が貫治に向かって、

「森島さん、いつものやつです……」

と言うと貫治も、

「ああ？ お〜今日は巨人戦か、しょうがないのお〜」

(ホレ、そこのやつ……)と健一に目で合図した。

「ホレ、いつものやつじゃ」

「おありがとうございます〜！」

補聴器を受け取った坊やが、恭しく健一に頭を下げる。

「なんじゃ一体？　これから寝ようという時に何で補聴器なんじゃ？　変な奴じゃのお」

訝しげに尋ねる清造に坊やが答えた。

「へっへ……まあ見とれや」

周波数を合わせるかのような仕草で補聴器のダイヤルを調節すると、坊やはイヤホンを左の耳にねじ込んでしゃがみこみ、なぜかこれに聴き入った。

おかしいのは房の他のメンバーが、何故か坊やの周りを取り囲み、聞き耳を立てるような仕草をしていることである。

と突然、坊やの実況中継が始まった。

「おーっと、九回の裏カープの攻撃はツーアウトランナー二塁、三塁。依然三対〇のままですが、カープ絶好のチャンスです！」

「バッターは？　次のバッターは誰や？」板がせかす。

「カウントはツー・スリー、バッターは赤ゴジラ嶋。ジャイアンツのピッチャー上原、フルカウントから振りかぶって第五球を……投げました!!」

「ボーーール! フォアボール! 満塁! 上原どうしたのか、ここに来て乱れました〜!!」

何とそれは補聴器にも似た超薄型のトランジスタラジオなのであった。

元カープの板東八郎のいるこの雑居房はとりわけカープ熱が強く、巨人戦の結果が気になって夜も眠れず、翌日の作業にも支障を来たすということから、ナイター中継のある日、それも巨人戦に限って、貫治の特別な計らいにより絶対内緒でこっそり小型ラジオを貸してもらっているのだ。

一番若く、まだ耳のいい坊やが聴いては、アナウンサーよろしく小声で実況する役目となっていた。

ベース板を筆頭に助役、平之進、良寛らが電灯を落した暗い房の中で皆、息を潜めて聞き入っていた。

「早《は》よっ、早《は》よ～、次、次～！」

　平之進がじれったいのを我慢できずに急かした。

「ここで、ネクストバッターズサークルから、四番新井がゆっくりと今、打席に向かいます！」

　坊やの中継も、最近はＲＣＣラジオのアナウンサーばりに板についてきた。

「たのむどおー、新井～。一発逆転満塁ホームランじゃあ～!!」

　助役が身を硬くして祈るように呟く。

「……お聞き下さい！　この歓声！　今日はカープ打線は好調上原に散発五安打と押さえられてきましたが、まさかまさかの九回裏、とんでもないドラマが用意されていました！　超満員の広島市民球場、上空には満天の星空、レフトスタンドからは、スクワット応援団の『ホームラン、ホームラン、新井～、もってこ～い！』の大声援が鳴り止みません！　まさにボルテージ最高潮の広島市民球場。さあ、上原、キャッチャーのサインに頷いて、セットポジションから新井に対して第一球を……」

……待てど暮らせど、暗がりの中で坊やの実況中継の声は聞こえてこない。

「おい、どうした？　どうなったんじゃ？」

無関心を装っていた清造も身を寝床から起き上がらせて聞いた。

しかし、聞こえてくるのは坊やの深〜い溜息ばかりであった。

「こりゃダメですな。この分だと負けですわ」と良寛は諦めが早い。

「……あ、新井、初球をサードフライに倒れゲームセット。これでカープ、巨人戦三連敗、セ・リーグ最下位に沈みましたぁ〜〜〜」

坊やのガックリ肩を落したひょうけたような声に、

「も、もうやめい！　うるさいわ〜！　寝た寝た……」

長老の平之進の機嫌の悪い一喝を合図に、皆三々五々、自分の寝床に潜り込んだ。

第五章

刑務官　森島貫治

一日の勤務を終えた森島貫治は刑務所にほど近い所にある我が家に帰宅した。「わが家」といっても、自前の一戸建てなどではなく三階建てのアパートと言った方が近い三LDKの官舎である。貫治はここに今年二七歳になる一人娘の優子と親子二人でつつましく暮らしていた。

「おーい、優子、飯《めし》はまだかいのお?」

風呂から上がって今日一日の汗を洗い流しさっぱりとした顔の貫治が、冷蔵庫からビールを出しながら聞くが、食卓にはまだ何も用意されてはいなかった。それどころか娘の優子もたった今外から帰ってきたばかりの様子だ。

「お前なあ、普通の娘は母親が死んだら甲斐甲斐しく親父の面倒を見たり、家事をしたりしてよのお……」

デカパン一丁で卓袱台の前にどっかと腰を下ろし、ビールを注ぎながら思わず父親としての小言が口を付いて出る。

「もお〜、ちょっと待ってよぉ。私だって昼間仕事してるんよ。夕方からは子供たちの練習日だったし……。今作るから、その辺のおつまみ食べて待っといて」

優子は短大を卒業した後、地元の尾道市役所に勤めていた。同じ刑務官舎の別棟に住む、貫治の部下の新谷健一が教えている少年野球チームの練習を、いつしか優子も手伝うようになり、そのせいで今夜は優子の帰宅も遅れたのだ。

「あのなー、家ではそれでもえーが、子供たちにはもっと優しくしてやんなさいよー。でないと今頃の子供らは言うことを聞いてくれんぞ」

年頃の娘を持つ父親の身としては、ついひと言余計なことを言ってしまう。

「あーあ、またそれ。お父さん、一体何年教育係をやってきたのよ。好きなことをやってるときはみんな強いの！　目標があるときは辛くても頑張れるのよ。大人だって同じでしょ⁉」

夕食の段取りをしながら、暖簾《のれん》の向こう側から優子の文句が聞こえてくる。

（母親に似てきた……）

手酌でビールを飲みながら、エプロン姿で甲斐甲斐しく動き回る娘の姿に、貫治は先年亡くなった妻、美智恵の面影をダブらせていた。


あれは……そう、昭和四九年の夏、貫治が二七歳の時のことだった。

広島市民球場のレフトスタンドに貫治はいた。

この頃彼はまだ刑務官に成り立てで、尾道ではなく広島市の吉島にある広島刑務所に配属されていた。独身で、無類のカープファンでもあった彼は、非番の時は暇さえあれば広島市民球場に通い詰めていた。

この年もカープは既に首位から大きく離され、セ・リーグの下位を低迷していた。

衣笠祥雄、山本浩二……と生きのいい若手バッターも育ってきてはいたもののの、ここ一番という所での勝利への執念というか、粘りが今一つ足りなかった。

一方、この日の対戦相手の中日ドラゴンズはといえば、この年何年振りかの快進撃を続けていて絶好調。Ｖ10を目指すジャイアンツを猛追撃していた。

広島は佐伯和司、中日は星野仙一の投げ合いで投手戦となったが、三対一で二点リードした中日が星野の粘りの完投で辛くも逃げ切った。

「あ～あ～、くそー今日も負けか。打てんのぉ～カープは。おい、貫治、帰るどー!!」

「ちょい待て～や、ビールがもうちぃと残っとるけえ……」

一緒に観戦に来た友人に急かされ、残ったビールを一気に飲み干し、これに続く貫治の足取りは千鳥足である。打てないカープにイライラするのも手伝って球場でビールや酒を飲み過ぎたのである。

ほろ酔い気分で官舎に戻り、その日は応援疲れもあってか転げ込むように床についた。

ところが翌朝、出勤のため身づくろいしていると、大変なことに気がついた。財布が無いのである。中に身分証明書まで入っている。貫治は真っ青になった。

（昨夜酔って落したのか？……）

どこでどうしたのか全く覚えが無い。もっとも覚えていれば無くしたりはしない訳だが……。

しかし、財布は運良くその日の内に戻ってきたのである。しかも、幸せも一緒に運んできた。

貫治の財布は広島市民球場にある球団事務所に届けられていた。

正確にはセンターバックスクリーン裏にある市民球場名物「カープうどん」のおばちゃんが拾ってくれていたのだ。うどんを食べに行って落としたらしかった。

「助かった！」

連絡を受けて早速受け取りに行った貫治が、恐縮して球団事務所の受付に申し出ると、奥から女性職員が財布を片手に出てきた。

「こちらの財布でよろしかったでしょうか？」

「あっ、ハイ！　それです。どうもありがとうございました」

何度もお辞儀しながら礼を言うと、

「よかったですね、いい人に拾われて……」

そう言って女性職員もニコッと笑った。


貫治はハッとした。

その女性の「声」に聞き覚えがあったからだ。

というより昨夜のナイターでも球場一杯に響くその声を聞いたばかりだ。

「……カープ、七回の裏の攻撃は、三番　センター山本浩二、背番号8……」

そのウグイス嬢のアナウンスがある度に、

「え～声じゃのぉ～～～。ホンマ痺れるほどのえ～声じゃあ～……」

と、カープの勝敗をよそにその美声に聞き惚れていた。

だから間違うはずが無い。

「あっ、あの～……、失礼ですが……、ひょっとして場内アナウンスをやられている方ではないでしょうか？」

「ハ、ハイ、そうですけど」

やっぱりそうだった！　この人だったのか。少し小柄だが、球場に流れる落ち着いた声そのままの、思った通り優しそうでしとやかな雰囲気をもつ女性だった。

（今を逃せば話の出来るチャンスは二度と無いかもしれない）

と、日頃奥手でシャイな貫治の口から思わぬ言葉がすべり出た。

「あっ、あのー。ま、前から場内アナウンスに聞き惚れておりました。毎回とても楽しく試合を見せてもらっております。ファンを代表して、こ、今度一度お茶などご馳走させて下さい！」

「ファンを代表して」という辺りがにくい。これだと相手は中々断れない。

どこにそんな度胸とテクニックが隠されていたのか、真っ昼間、球団事務所の受付で、しかも他の職員もいる前で、自分でもビックリするほど大胆だった。

「……まあ……面白い方……」

クスクスと笑いながらもほんのりと彼女も頬を紅色に染めている。

それが美智恵と貫治の出会いだった。

この出来事をきっかけとして二人は付き合うようになる。

聞けば彼女は自分と同い年。しかしとても落ち着いた大人の雰囲気をもっていた。華やかなプロ野球選手の近くにいる美智恵にとっては、刑務所の看守という貫治の堅い仕事は地味であった。だが、彼の社会をはみ出した人々を何とか更生させようとする教育者のような情熱と、何よりも純朴で真面目な人柄に次第に惹かれていった。

年が明け、昭和五〇年は二人にとって、またカープにとっても激動の、そして歴史的な年になった。

ルーツ新監督の下、チームカラーも燃えるような真っ赤に刷新した広島カープは、ペナントレース序盤から破竹の快進撃を続け、途中から引き継いだ古葉竹識監督以下選手一丸となって初優勝目指して突き進んでいた。

大下、三村の一、二番コンビが出塁して揺さぶりをかける。

三番衣笠がこれに続く。

そして、浩二、ホプキンス、水谷のホームラン攻勢、気を抜くと後ろのシェーンもガツンと一発お見舞いする。

守っては、カープひと筋いぶし銀のベテラン外木場投手の豪腕が冴え渡り、新鋭佐伯のボールもうなりを上げる。

ひと癖もふた癖もある投手陣をキャッチャー水沼と道原の二人が絶妙のリードでまとめ上げる……。

代打、代走、中継ぎ、抑え……。スター選手のいない地方球団広島カープは、とにかくベンチ全員フル回転、総力戦で戦うしかなかった。

そして……気がつくと優勝までのマジックナンバーはあと一つ。優勝は目前に迫っていた。

一〇月十五日、東京・後楽園球場での対巨人最終戦のデーゲームに四対〇でカープが勝ち、ついに球団創設以来の悲願のリーグ初優勝を成し遂げ、古葉監督の体が宙を舞った。

その瞬間を美智恵は球団事務所で他の職員とテレビの前にかじりつくように

して見た。

優勝が決まると、球団事務所は万歳、万歳の嵐となった。万年最下位、球界のお荷物と長年蔑まれてきた。球団発足当初からいる古参の職員は抱き合って泣きじゃくり、嬉しさに言葉にもならないようだった。

お祝いの電話がひっきりなしに鳴り続け、上へ下への大騒ぎである。

ウグイス嬢を務めて三年、美智恵も負けている試合の場内アナウンスは正直辛かった。しかし、それもこれも今この瞬間すべて喜びに変わり報われた。

ウグイス嬢冥利に尽きるとはこのことだ。

一方、貫治は……。

「もしカープが優勝したら、会って一緒にお祝いしよう！」と事前に二人で決めていた。

夜七時、紙屋町のそごうデパート正面で美智恵と待ち合わせの約束だった。

仕事を終えて市内中心部まで来ると、街中が歓喜の人の渦で沸き返っている。

デパートや銀行のビルには『祝！　広島カープ　セ・リーグ初優勝!!』の大垂れ幕がそこかしこに吊り下げられ、本通り商店街では色鮮やかなくす球が割られて大勢の人の波でごった返している。

待ち合わせをしたそごうデパート前には大きな酒樽が置かれ、黒山のような人だかりで皆、今か今かと鏡割りの時を待っている。

「あっ、みっちゃん！」

人ごみの中を泳ぐようにして、美智恵がこっちへやってくるのが見えた。

「大丈夫だったんかい？」

球団事務所では、初優勝に祝電や祝いの電話が相次ぎ対応に追われててんやわんやとなっていた。

「もう、無理やり抜けて来ちゃった……」

そんな美智恵がいつもにまして愛しく思えた。

「お待たせしましたー!! それでは広島カープのセントラルリーグ・ペナントレース初優勝を祝して、只今より鏡割りを行います。カープ優勝バンザーイ!!
一、二、三、それっ!!」
真っ赤な法被を纏《まと》ったカープ応援団の男性三人が勢いよく酒樽を叩き割って、集まった人たちに酒を振舞い始めた。みんな我先にとこれに殺到している。貫治と美智恵の二人も一杯ずつ御相伴に預った。

その人ごみの中で、貫治は美智恵の右手をしっかりと握り締め、

「ちょっと歩こう!」とグイグイと彼女を引っ張って歩き出した。

実は貫治はある決意を胸に秘めていた。

中々踏ん切りがつかなかった。だが、

「もしカープが優勝したら……その時こそ自分も……」と心に決めていた。

ついにその日がやってきたのだ。

「どこ行くの？」

その美智恵の問いには答えないで、ズンズンと彼女の手を引いたまま歩いて行く。

市民球場を右手に見ながら電車通りを渡り、原爆ドームの所まで来た。

優勝に浮かれて繰り出した人の波が、やっとまばらになった。

その瞬間を誰にも邪魔されたくなかったから。

陽はとっぷりと暮れ、暗がりの中にドームが浮き上がって見える。道の向こうの市民球場の前には、まだ大勢の人がたむろしていた。

ドーム前の花壇に二人並んで腰掛け、顔を見ないまま貫治が言った。

「こんな日になんだけど……思い切って言うよ……」

「えっ？」

「みっちゃん……俺と一緒になってほしい!!」

美智恵の手をしっかり握ったまま離そうともしないでそう言い切った。

「幸せに……絶対幸せにするから……」

「……」

　突然の貫治のプロポーズに、はじめは驚いてきょとんとしていたが、段々と胸の奥から熱いものが込み上げてきた。

　一生に一度しか無いようなことが、今日は二つも起こるなんて!!

　しばらくの間を置いて、貫治が握った手の上に、もう一つの彼女の手がしっかりと重ねられた。それが美智恵の答えだった。


　こうして一九七五年一〇月一五日は、カープ初優勝の日であると同時に、二人にとっても記念すべき日となったのである。

　美智恵は翌年の結婚を機に退職して家庭に入り、四年後優子を授かった。

　それからはつましい官舎生活ではあったが、家族三人幸せな暮らしを送っていた。

優子が高校に入学した年、美智恵に心臓の病気が発症。手術をして一時は良くなったかに思えたが、その後再び悪化、優子二十の短大生の時、残念なことに遂に帰らぬ人となったのだった。今年でもう七年になる。

その母親に、後ろ姿、話し方、声までもが似てきた。

「血は争えん……」

夕食が出来るのを待ちながら、貫治はボンヤリと昔を懐かしく思い返していた。

そんな二人を、箪笥《たんす》の上にある妻美智恵の生前の写真が静かに見守っているのだった。

第六章

綾子

八月下旬とはいっても暑さは一向に衰えを知らない。

尾道地方は低気圧の影響からか、今日は朝から一日中雨が降り続いていた。

「暑い、暑い！」

うちわで扇ぎながら刑務官室の自分のデスクに向かって、森島貫治はぶ厚い書類に目を通していた。

その表紙には、「沢木清造　犯歴調査資料」と書かれている。

思う所があり、貫治はここ何日間かこの清造の記録を何度も読み返しては考え、また考えては読み返して･･･を繰り返している。

滅多に見せないそんな貫治の素振りに、

「どうかしたんですか？　何か沢木に不審な点でも？」

と部下の健一が声をかけた。

「ん？……う……ん……。人間、魔がさすということは誰にでもある。じゃが……わしも今まで何人もの囚人を見てきたが、あの沢木清造と凶悪犯罪がどうしても結びつかんのじゃ……」

書類には、冒頭に「昭和三〇年、強盗殺人により無期懲役」と大きく記されている。

「昭和二〇年、十二歳の時、可哀想に広島の原爆で家族を皆亡くしている。父親は医者じゃったらしい。疎開しておった清造と、姉の玲子の二人だけが助かった。戦後は姉と二人寄り添うようにして暮らし、苦学して広島の高校を卒業。ところが、姉は八月六日の翌日から広島市中心部を歩き回ったせいで、所謂《いわゆる》入市被爆というやつじゃろう、八年後、清造二十の時に亡くなっている」

「天涯孤独となったわけですか……」

健一が呟くように言った。

「ああ、そうじゃ。その後広島市郊外の小さな小学校の臨時職員として就職。勉強だけじゃなくて、野球を教えたりして子供や親の評判も良かったらしい」

「それが何でまた……」

「そこなんじゃ・・・ワシの分からんのは。教え子の佐原登の母親に横恋慕のあまり、家へ上がり込み、母子に暴力をふるった挙句亭主を刺殺。家中を物色し金目の物を盗んで逃げ出した所を近所の人の通報により逮捕・・・資料ではこうなっとる。これは紛れも無い強盗殺人じゃ。しかし……どうも腑に落ちん。あの沢木がそれほどの凶悪犯罪を犯す人物とはどうしても思えん……」

（なにか隠された事実があるのではなかろうか……）

冤罪とまではいかぬにしても戦後のまだまだ殺伐とした時代の出来事である。警察の方で重大な見落としがあるということが全く無いとは言い切れないのではないだろうか。訳あって、清造自らも口を閉ざし、罪を被って服役しているなどということは……？

しかし、不思議なことに、その方が沢木清造のイメージにはピッタリくるのである。

「清造さんよ、一体何があったというんじゃ……」

考えるほどに思考の迷路の渦の中に深く深く引きずり込まれてゆく……。


昭和二九年、広島市郊外の山麓に位置する本山小学校の臨時教員として赴任していた沢木清造は、放課後の校庭で今日も子供たちに野球を教えていた。

「ええかー、しっかり振りかぶってキャッチャーの胸めがけて思いっきり投げてみぃー!」

清造はピッチャーの佐原登にしきりに声をかけた。登は十一歳だが、勉強も真面目で運動神経もよく、飲み込みが早いので教えていてもつい熱が入る。素質があると思えた。

夕方、陽が暮れかかり、皆で片付けをしていると、

「あっ、お母さんじゃ！」と登が嬉しそうな声を上げた。

見ると登の母、佐原綾子が自転車に乗ったまま、校門の脇から子供たちの様子を遠目に見に来ていた。

綾子は西山本にあるゴム加工工場にパートで勤めていた。家へ帰る道すがら、こうしてよく子供たちの野球の練習を見に寄るのだった。

そんな綾子に気づいて、清造が軽く会釈する姿はどこかはにかんだようでぎこちない。

綾子の方は落ち着いた様子で、いつものように笑顔で会釈を返す。

後片付けの終わった登は一目散に走って校門の綾子の所まで行き、ひと言、ふた言何か言葉を交すと、綾子の自転車の荷台に飛び乗った。

「こりゃぁ登、お前みたいな重いのが後ろに乗ったらお母さん困るじゃろうが……」

清造がそう言うと、

「へへッ……」

と登は笑って首をすくめ、おどけて見せた。母親と相乗りして帰るのが嬉しくて仕方がないのだ。

「ホントに先生、いつもありがとうございます。お陰で大分上手になったみたいで……」

そう言いながら、綺麗に折りたたんだハンカチで額の汗を拭う綾子の仕草を、清造は可愛い！と思った。

笑った時見える形のよい白くて健康的な歯並び、そして両頬に出来る小さなエクボも……。

来年で三十歳になる綾子とは年が七つ違うのだが、それを感じさせないほど綾子は若々しく、美しかった。

綾子は登と母子二人で清造の下宿のすぐ近くにつつましく暮らしていた。

夫の佐原元樹は昭和十九年に出征し、中国戦線に回され終戦を迎え、生死不明のままであったが、既に来年で終戦から十年が経つ。さすがの綾子ももう諦めかけていた。

最近は、十年を区切りにそろそろ新しい一歩を踏み出さなければいけない…と思い始めている所なのだった。

こうして練習を見に来る綾子と時々声を交しあうようになって、清造は急速に彼女に惹かれていった。

しっかりとした物腰は姉のようでもあり、幼い頃亡くした母を見るようでもある。また愛くるしい仕草はときに妹のように思えるときもある。それでいて、胸の中に大きな哀しみを抱えているかのような憂いを帯びた表情を時々覗かせる。

知らず知らずのうちに女として意識しつつある自分に気づかされるのだ。

そんな清造が、さらに急速に綾子と親密さを深める事件が先日起こった。

九月のある日、大型台風が中国地方を直撃。暴風雨になるという予想にその日は午後からの授業は打ち切り、子供たちを集団下校させることになった。家が近所ということもあり、登たちの一団には清造が同行した。家の付近になると一人、また一人と抜けていき、あとは清造と登ら二〜三人だけになった所で本山川に差し掛かった。ここを渡れば家はもう目と鼻の先にある。川は折からの大雨で水量を増し、濁流となって渦巻き、ドッ、ドッと音を立てて流れている。

昭和二〇年代、本山橋はまだ欄干も無いような石橋であった。丁度一行が橋の中ほどまで来た時、一段と風雨が強まり、ゴーッという音と共に突風にあおられ一同はよろめいた。

その時！ 運悪く登がバランスを崩して倒れ、そのまま本山川の中に転がり落ちたのである。

手を差し延べる間もなかった。

アッという間に、轟々と激しく流れる褐色の濁流の中に、いったんは沈んだ登が浮き上がってもがきながら流されて行く。

川幅は十メートルあるか無いかでそんなに広くはない。

普段は底の方にだけ流れている穏やかな小川で、向こう岸に飛んで渡れるほどの細い流れしか無いのだが、今日は水かさを増して濁流と化している。

行く手に川土手の斜面に大きく繁茂した桜の木が、増水した川の水に半分呑み込まれ流れの中で激しく揺れていた。

運よく登が体ごとその木にぶつかり、枝をつかんで必死の形相で留まっている。否、引っ掛かったという方が正確かもしれない。

「待っとけえ！ 今助けてやるけえ!!」

言うが早いか、清造は勢いをつけて川に飛び込み、上手く流れに乗って登の所へたどり着いた。

「ロープを！ ロープを投げてくれえ!!」

　血相を変えた子供たちが走って行って助けを求め、駆けつけた消防団員によって、浮き輪のくくりつけられた頑丈なロープが投げ込まれた。

　真っ青になって震えている登をしっかりと抱きかかえた清造を、消防団の男たちが辛うじて引っ張り上げた。

　あと少し遅れて、三百メートル先で本山川と合流する太田川の本流に呑み込まれでもしたらどうにもならないところであった。

　登は清造の自分を顧みない勇気ある行為によって、間一髪のところで命を助けられた。

　恐怖によるショック症状はあったが、少し水を飲んだだけで大事には至らなかった。

「登ーっ!!」

　一人息子の一大事を聞いてすぐさま家を飛び出して来た綾子は、清造や消防団員に何度も何度も頭を下げて我が子の無事を喜んだ。

それからは、佐原母子にとって清造は特別な存在になった。教え子とその母親、そして教師という関係なのではあるが、母一人、子一人の家庭でもあり、今や清造は佐原家から父親がわりとも言える崇拝を注がれることとなった。

落ちたのが登でなくても助けたであろう。教師として当然のことをしたまでなのだが、しかし、それはまたそれで中々と心地よいものも感じているのであった。

「先生、今週の土曜の夜、必ずいらして下さいね！」

「あっ、ハア……でもあんまりお構いの無いように……」

「ウフフ……」

と綾子は目を細めて表情を緩ませた。

この間のお礼にと、何度断っても夕食に招待するといって聞かないのだ。

侘しい独身男の一人住まいでもあり、食生活に不自由している身としては何とも嬉しい申し出ではあった。

しかも今や教え子の母親というより、一人の年上の女性として眩しいほどの憧れさえも抱いている綾子が、手料理でもてなしてくれるという……。二人だけでは意識してしまってとても話せないところだが、登もいるわけだから三人なら何とかなるだろうと思えた。


そんな胸の高まりを抑えられないまま当日はすぐにやって来た。

「お言葉に甘えて図々しくも来ました」

「いらっしゃい、どうぞ上がって下さい」

エプロンをつけた綾子は今日も清楚で眩しかった。

家に上がると登が目を輝かせて待ち構えていた。すぐさま食卓を覗くと、

「ワーッ、スキヤキだーっ！今日は大ご馳走だー！」

夕食にスキヤキなど年に一度くらいしか食べられなかった時代である。登は清造よりも何よりも、ご馳走が待ち遠しくてたまらないのだ。

「先生～！」

「ねえ、登。こうして美味《おい》しいものを食べられるのも沢木先生に助けていただいたお陰よ。先生、本当にこの間はありがとうございました。私、この子に何かあったら生きてはいけないところでした」

一瞬、思い詰めたような目をした綾子であったが、すぐに満面に笑みを浮かべて清造にビールを注いだ。

綾子の注いでくれるビールにのどを潤す。

自分の下宿での侘しい食事と違って、料理も酒も格段に美味《うま》い。

彼女はお酒は弱いのか、コップ一杯飲んだだけなのに頬もほんのりと染まっ

て仄かに赤い。

「さあ、もっと……遠慮なく召し上がれ……」

登はといえば、育ち盛りの年頃だから無理も無い、目の色を変えてモノも言わず一心不乱にスキヤキを食べまくっている。その姿を見て、清造と綾子は目を見合わせて微笑んだ。

(家庭というものはいいものだな……)清造は一人でいる時には考えたこともない幸せを今感じていた。

自分一人が楽しいのでは只それだけだが、ささやかでも三人が楽しければそれは大きな喜びになることを知った。


その後は、登はそっちのけで二人、いろいろなことを話した。

行方不明となっている綾子の主人、元樹との馴れ初めも聞いた。

彼女は旦那のことをあまりよく知らなかったのだが、十歳年上の元樹に見初められて昭和十八年の初め、綾子が十八の時に嫁に来た。その年の暮れにはもう登が生まれたが、翌十九年、生まれたばかりの登を残して元樹は出征した。だから一緒に居たのは二年にも満たない短い期間であったということ。

広島市の郊外であったために原爆の難は逃れたが、それからの今日までの生活というものはとても大変だったということ。

しかし、そんな中でも明るさを失わず、女手一つで子供をここまで育て上げてきた綾子は立派であった。登がいたからこそここまで頑張ってこれた、そう言って子供に感謝する彼女を健気だと思った。

清造は、自分と自分の家族に降りかかった地獄のような過去を初めて人に話した。しぼり出すようにして語ったこの哀しい話を、綾子は最後まできちんと聞いてくれた。

話し終えてしまうと肩の荷が下りたのか、清造は急激に酔いが回ってきた。登は食べ疲れたのか、話の途中で二階へ上がって早々と寝床に入って休んでしまっている。清造も眠気に襲われてきた。

「少し横になって休んで帰られたらいいわ……」

綾子の勧めるまま、ちょっとだけ横になる。心地よい気だるさが全身を覆い、瞬く間に清造は眠りに落ちた。

二〜三〇分も眠っただろうか、ふと気配を感じて清造が目を覚ますと、横向きに寝転んでいるすぐ背後に綾子が静かに座り、肩を小刻みに震わせていた。

「泣いている……」

半身を起して振り返ろうとする清造を綾子が制し、清造の広い背中に掌を押し当てて、

「大変だったのね……お父さん、お母さん……お兄さんたち……さぞ無念だったでしょう。戦争は……戦争はもうこりごりだわ」

そう言って、天涯孤独となった清造の境遇と亡くなった彼の家族のために、綾子は泣いてくれた。

それはまた綾子自身の境遇への涙であるのかも知れなかった。

心の奥底から染み渡るほどの暖かさが綾子の体のぬくもりを通して伝わってきた。同時に、哀しみをも。

清造が体を反転させ彼女の方を向くと、綾子は清造の部厚い胸に顔を埋めて泣いた。

その綾子を清造はしっかりと抱きしめ、泣き続ける綾子の唇を奪った。

もはや二人を押し留めるものは何もありはしない。

これが「愛」でなければ何であろう。

綾子の目に溢れる涙を、唇で清造がぬぐってやった。

そして無我夢中で互いを求め合い、貪った。

若い清造は綾子の透けるような白い肌の上で達し、綾子がこれを優しく受け止めてやった。

この夜二人は、お互いがお互いを必要とし、そして今や深く愛し合っているということを知ったのであった。


「二人の間に何があったんかは本人たち以外に知る者もない。もう五〇年も前のことじゃ。清造が綾子に恋心を抱いておったのは事実だろう。そこへ、戦死したと思われとった綾子の亭主、元樹が無事復員して来て、それに嫉妬したんか……。調書では、無理矢理家へ上がり込んだ清造と元樹が口論となり、挙げ句に元樹を包丁で刺殺した、とされておるが……」

貫治は分厚い調書をバタッと閉じると、椅子に深くもたれて頭の後ろで手を組み、天井を見据えた。

資料の中にあった、清造が服役中に心境を詠んだとされる短歌が不思議と脳裏に残っていた。

『　許されて　生かされている　不思議さよ

血の夕焼けの　消える時なし　』

「アンタ、もしかして……？……まさか……」

何か訳があるように思える。あまりにも不自然な結末のような気がしてならない。

事件の現場にいた清造と綾子と登、死んだ元樹の四人だけしか知りえない

「何か」があるのではないか？ 元樹が死んだという事実と凶器となった包丁と、あとは清造の供述と綾子と登の証言だけで罪が確定している。

　確信に近い不思議な思いにかられながらも、すべては過ぎ去った五〇年という時の経過の重さに、貫治は只々途方に暮れるしかないのであった。

第七章

坊やと助役

暑い夏のさなか刑期満了で出所した坊や山本金三郎は、刑務所で蓄えた賞与金を元手に新幹線こだま号に飛び乗った。

どこへ行く宛てがあるわけでもない。空席ばかりが目立つこだま号を乗り継いで関門海峡を渡り、フラフラと九州まで来た。

忘れたい過去であるはずなのに、なぜか出所の度に気がつくと足がこちらに向かってしまう。

原爆で孤児になった子供たちは、当時広島市郊外にある廿日市の児童養護施設に入れられた。坊や山本金三郎少年も七歳の時、そこに入ったのだ。

その後何年か経ったあとに丁度子供のいない夫婦との養子縁組が決まった。その夫婦と暮らしたのが九州の福岡だった。

そんなに裕福な家ではなかったが、内装表具店を営む真面目な働き者の夫婦で、子供が無かった二人は坊やをとても可愛がった。坊やの人生の中で最も幸せだった期間かもしれなかった。

ところが…何という皮肉だろうか、坊やが養子となって三年目、この夫婦が実の子を授かったのだ。坊やは中学生になっていた。

するとあろうことか、この夫婦は坊やを元の施設に返してしまった。

坊やがグレ始めたのはそれからだ。窮屈な施設の規則にも反発し、世の中を妬み、施設から逃げ出しては原爆スラムの辺りで同じような境遇の少年たちとたむろしていた。金三郎少年十五歳の頃のことだ。

それから坊やの転落人生が始まった。

今はもうその夫婦もこの世にはいないが、過ぎてみると幼い頃に実の家族と死に別れた坊やにとって、幸せな家族生活の明確な記憶はこの夫婦と暮らした三年間しかなかったのだ。

福岡市郊外にある夫婦の墓…坊やにはここしか行く宛てが無かった。

小高い丘の上にある二人の墓所まで登る途中の道端に、名も知らぬ雑草が花を咲かせている。

「これでエエわ……」

坊やは無造作にそれを摘み上げた。

「よいしょっと……また来たでえ……」

そうつぶやくと、二人の墓の前に野辺の花を供え、しばらくの間手を合わせた。

それが終わると近くの見晴らしのいい高台にどっかと腰を下ろし、供え物にしようと買ってきたワンカップ酒を取り出すと、ぐびり、ぐびりと飲みはじめた。


夏の長い日が暮れようとしていた。

生暖かいが心地よい風であたりの草むらがさざめいた。

短い期間だったが二人にはよくしてもらった。そしてその後掌を返すような仕打ちもされ、それがもとでグレもした。

しかし二人もとうにこの世の人ではない。それらは遠い昔に過ぎ去った忘却の彼方の出来事……。

不思議なことに過ぎてしまえば、今となってはいい思い出だけを心に去来させることが出来るのだ。

ここは妙に心が落ち着く。

だから出所の度にやって来る。

それと同時に何とも切ない寂寥感を抱かされる場所でもある。

坊やの背中が、小さく、そして妙に寂しげに見えた。

一方、同じ日の午後……。

ここ尾道ＰＺ刑務所正門横の出入り口からは、丁度二人連れの女が中から出て来たところだった。一人は四〇代後半の中年女性、もう一人はまだ二〇代の若い娘で、母子のようである。

振り向くと二人は中に向かって何度も頭を下げた。その先に立っていたのは看守長の森島貫治である。二人を見送ると、沈鬱な面持ちで作業棟のほうにゆっくりと戻って行く。

丁度午後の作業の合間で休憩時間である。囚人たちは中庭で思い思いに体を休めている。

作業棟二階のベランダから貫治が階下を覗き見る。

午後の作業の担当で待機していた健一が近づいてきた。

「誰かに面会だったんですか？」

貫治は下を見ながら助役、千頭和左門を指差した。

「さっきの二人な……。助役の娘と孫娘だったんじゃ……」

「えっ？　そうなんですか！　奥さんと娘さんからは縁を切られたって言うことでしたけど……。そりゃあ会えて良かったじゃないですか」

「それがな……。助役のやつ、面会拒絶しおった。あれほど会いたがっておったのに……」

「な、なんでまた……」

　助役はそのあだ名の通り、もともとは公務員で町役場の助役を務めていた時期があった。それが競馬に入れあげる余り借金を作り、挙句の果てに役場の公金に手をつけてしまった。それからは坂道を転げ落ちるような人生をたどってきたのだ。

　もともとが役人というお堅い仕事であり、妻も堅実な女性であった。世間体もあり正式に離婚こそしていないものの、その妻からは絶縁されていた。そんな経緯から、妻は再婚もせず女手一つで二人の娘を立派に育て上げた。言うに言われぬ苦労の連続で体を壊し、既にこの世の人では無かったが……。

　助役が役場の公金を横領したのは今から三二年前、長女が高校三年、十八歳の年だった。苦労をかけた長女は幸せな結婚をし、その後生まれた孫娘も今では年頃になっている。

「最近になってその孫娘に結婚話が持ち上がったんじゃと。それで長女も初めて自分の娘に父親、つまり祖父に当たる助役のことを打ち明けたらしい・・・。ずーっと隠しておったんじゃな、孫娘は相当ショックだったらしい」

　貫治の話に健一も思わず相槌を打つ。

「そりゃあそうでしょうねぇ……」

「でも、会いに行くべきだと言われたんじゃそうな、その結婚相手の男から。今時にしては中々見所のある男じゃの」

「ほう・・。でも、それなら何で助役は会わんかったんですかね？　あれほど『娘が〜、孫が〜』言うとったのに……」

「まあの。じゃが助役の身にもなってみい、娘ならともかく、何も知らん初めて会う孫娘に今さらどの面さげて会えるんか……。婆婆ならともかく、ここは塀の中じゃ。そういうこともあったんじゃないかの？」

「なるほどね……」

そう言いながら健一は溜息をついた。一寸の虫にも五分の魂というが、あの助役にも恥らいというものがまだ残っているのだ。

休憩時間が終わり、中庭にいた老囚人たちが作業棟にぞろぞろと戻って来る。それに混じって助役も廊下を歩いて来る。

心無しか肩が落ち、いつもと比べて元気が無いように思える。

貫治はその助役の横を歩調を合わせるかのように並ぶともなく歩きながら、

「……誰に似たんかのぉ……可愛い娘じゃったな……。孫娘の婚約者の青年も大のカープファンで、二人仲良う市民球場に観に行くらしい。そう言やこの青年はカープのレフトスタンド応援団に入っとって、市民球場でのナイターの時は応援団旗をはためかす彼氏の傍で、一緒によう観戦するとか言うとったのお」

それを聞くと助役の肩がピクリと大きく動き、一瞬歩みが止まったかのように見えた。

——その翌日——

たまたま広島対阪神戦のナイターがあり、テレビ中継もやっていた。房の中の大きくもないテレビの真ん前に陣取って助役が食い入るように観ている。といってても見ているのは試合のようで試合ではなかったのだが……。

その眼は必死になってレフトスタンドの観客席を追っていた。

健気にも先日貫治にそれとなく耳元で囁かれた、レフトスタンド応援団旗の傍《そば》にいるかもしれないまだ見ぬ孫娘の姿を追っていた。

悪党ぶっていきがっているように見える助役にも、父親として、また祖父としての心がまだまだ残っているのだ。

「こりゃ！ 助役、見えんどお。わりゃぁ、テレビの前に立つな言うとるじゃろうが！」

画面の前を占領して動かない助役に業を煮やしたベース板が苛ついて立ち上がり、助役を押し退けようとした、と、その瞬間、横で寝そべって見ていた清造が長い脚を突き出してベース板の足を引っ掛けた。

「なにしゃあがる！」

よろけたベース板が清造に突っかかって行きそうになったところを皆がまあまあと止めに入る。

ハッ！ と我に返って「すまんすまん…」という助役の目にみるみる涙が溜まって、それを気付かれまいと房の奥に引っ込み蒲団にくるまった。

会ってみるべきだと言ってくれた孫娘の婚約者の言葉、そして初めて会いに来てくれた我が娘と孫娘の気持ちが素直に嬉しかった。にもかかわらずそれを会わずに追い返した自分の不甲斐なさ。そしてその気持ちを察してくれた貫治の優しさと、今また清造までもが……。

その夜、房のセンベイ布団に頭からくるまった助役の目からは、体の底からこれでもかという程の涙が次から次へと湧き上がってきて、長い間止まることを知らなかった。

久しぶりに人の温かい情にふれた。

ひょっとしたら涙が枯れた後には自分は生まれ変われているかもしれないと思えたくらいに、三十年の間、心の傷に幾重にもこびりついたかさぶたが涙で洗い流されきれいに剥がれ落ちてゆくような気さえした。

夜も更け、日が変わり、涙も枯れ果てた頃、老囚人はやっと深い眠りに落ちていった。

第八章

消えたナイフ

九月に入って間もないある朝のこと、雑居房前の廊下では老囚人たち一人ひとりに保健師が薬袋を渡していた。

日頃は血の気の多いベース板も、この時ばかりは神妙に受け答えしている。若い時の不摂生がたたり、糖尿病を患っているのだ。

「脚、痛いんじゃないんか? 一回検査してみるか?」

次の順番の清造の顔と脚を交互に見やって、保健師はそう声をかけた。

「いや、何ともないです」

そっけなく言うと清造は房に戻った。

「どうかしたんですか?」

それを傍《そば》で見ていた貫治がすかさず聞くと、

「いやね、長年足を患ってて体に負荷がかかっとるでしょ。骨が壊死するような場合もあるんですよ」

と保健師も心配げに清造の歩く姿を見ている。

高血圧の坊やは血圧降下剤を受け取っていた。

夏の暑い盛りに一度は出所した坊やであったが、つい先日またこのPZ刑務所に舞い戻ってきていたのだ。

まるでごく普通の出来事のように「ただいま～！」と言って帰ってきた坊やに、良寛が、

「おっ、坊やおかえり～！ 今回はまたエライ早いのお」

と答えるのを見て、呆気にとられていた清造に良寛が説明してやった。

「関門海峡を越えて九州に渡るでしょ、どっかのキャバレーでネエちゃんと豪遊するでしょ……で賞与金がカラッケツになったところでタクシーに乗って本州へUターン」

「む、無賃乗車になるじゃろが……」

清造が問うと平之進が顔を突き出すようにして口を挟んだ。

「中国地方でお縄になりゃ、二度目以上は累犯じゃけえの、即実刑じゃ。必ず

ここに戻って来ることになるっちゅうわけよ」

「行く宛てのないワシらにとっちゃ、娑婆よりゃここの方が気楽じゃけな。あ～ありがたやありがたや、あ～ナンマイダァナンマイダァ……」

良寛がいつものふざけたお経で締めくくる。

これを傍らで聞き耳立てていた健一はさすがに腹が立ってきて看守長の貫治をつかまえて、

「何が九州まで行って豪遊だ！　森島さん、あいつら更生するつもりなんか無いですよ、全く！」

と毒づいた。


清造が片足を引きずるようにして歩く姿が気になっていた貫治は、保健師の巡回が終わると健一を連れて支所長室にやって来ていた。

沢木清造の足の具合については、一度医療機関できちんと診てもらうことが必要ではないかと思ったからだ。

　しかし、支所長の室谷秀樹はそう易々とは承諾しない。

「彼らはことさらに病気になりたがるんですよ。作業も休めるし。本人は、沢木は特に何も言うてきてはおらんのでしょう？　だったら問題は無いでしょうが」

「ですが支所長……」

「いえねえ、本格的な検査となると市内に移送する手間やら診療代も結構かかるし、そうでなくてもこのＰＺは予算オーバーしてるんですからねぇ～」

「分かっとります。ほいじゃが……」

　と貫治も食い下がる。

「私だって鬼じゃありませんよ。だから、本人から直接申請があったらって言ってるじゃありませんか！」

支所長が煙たそうにそう言うので、今日のところは貫治もここで引き下がることにした。

あまりしつこ過ぎても逆効果となるからだ。

しかし、老囚人の待遇改善など、誰かがくどいほど言わなければ決して何も変わることなど無いのだ。ましてやＰＺ棟においては……。

支所長室を出て無言で歩いてゆく貫治に追いすがるようにして健一が声をかけた。

「森島さんは何でいつもそんなにＰＺの連中に親身になれるんですか?」

「うん? そうよなあ……。ここに来て十五年になるが、この塀の中に何十年もおる爺さまたちを見ると、まるで自分の親父を見とるようでな……。あっちの、通常棟の元気な若い連中みたいに更生させて送り出すいうのはもう難しいかも知れんと、ちょっと可哀そうに思えたりしての……」

なるほどと、健一も頷く。

「まあ、わしももうじき定年じゃけ、明日は我が身かもしれんのぉ〜。あんたらが後を頑張ってくれんといけんどぉ〜」

「まあまあ……」

健一は歩きながら、思わずこの慈愛にあふれた先輩看守の肩を揉んだ。


作業棟では今日の午前中の仕事が始まっていた。封筒のノリ付け作業である。このところ連日夥《おびただ》しい数の封筒を彼らは作っていた。

その作業場の片隅で、見回りの刑務官の目を盗みながら、さっきからしきりに平之進とベース板が小声で私語を交わしている。

突然、ベース板が隣にも聞こえるような声で、

「そりゃホンマか⁉ 貫ちゃんと支所長が⁉」

「シーッ‼ 声がでかい。この間二人が話しとるんをたままこの耳できいたん

じゃけ間違いはない」

　平之進がベース板を制しながら話を続ける。

「そう言や、婆婆じゃあ介護ナンタラ……いうのんができたらしいの。あれはどうなるんじゃ？」

「ほいじゃから……。わしが体の具合が悪いから検査して欲しいと自分から言い出せば、一回だけ外の病院へ診てもらいに行けるらしいんじゃ。それも病院をこっちが決めてええんじゃと。わしゃ〜ほら、あの広島市民球場のすぐそばにあるいう広島市立病院にしてくれ言うつもりなんじゃ。での、年寄りじゃから付添い人を一人指定出来ることになっとるらしい。それにベース板、お前を、いうわけよ。これが介護制度いうもんで、わしらにも適用されるんじゃと」

「ホ、ホンマか!? 付き添いにこのわしを!? 広島市立病院いうたら市民球場で試合中に怪我《けが》した選手が運び込まれる、あの球場のすぐ傍《そば》のデッカイ病院じゃろうが!?」

「どうや、これで念願の市民球場が見れるじゃろ。当分おとなしゅうしとけよ……」

興奮を抑えきれないベース板を平之進が笑って諭した。

若い頃の不始末を原因にカープを退団し、その後は身を持ち崩して刑務所への出入りを繰り返す人生を送ってきたベース板にとって、広島市民球場のマウンドは憧れを通り越して、もはや決して立つことの叶わぬ神聖な場所となっていた。

それにしても、一般社会に暮らしている者にとっては誰にでもすぐ分かることではあるのだが、この平之進の話は全くもってトンチンカンな話である。それもそのはず、平之進には先日来初期の認知症の兆候が現れ出していた。現実と妄想が頭の中で入り混じり、有りもしない虚構の話を作り上げ自分でもそう思い込んでしまう。大方、貫治と健一が廊下ででも話していたのを部分的に聞きかじったのであろう。それにどこかで聞いていた「介護保険」制度の誤った情報、そして……憎めないのは彼が心の中で、ベース板の「ひと目でいいからもう一度広島市民球場を見たい……」と口癖のように話していた言葉を憶えていたことである。その願いを叶えてやればいいなという思いが、次第に記憶がまだらになってゆく平之進の頭の中でこのような奇想天外なストーリーを作り上げてしまったのだ。そう思うと何か愛しく哀しい話でもある。

そこへもってきて、まともな世間常識などからはほど遠いベース板が当事者として巻き込まれ、信じて小躍りして喜んでいるのだから話はさらにややこしくなってゆく。

それから何日かは何事もなく過ぎた。

数日たったある朝のこと、雑居房の清造たちの部屋で思わぬ事件がもちあがった。

「やられたあ～!!」

　突然平之進が悲鳴を上げ、腹を押さえて床に倒れ込んだ。

「平さん、どうしたんじゃ!?」

　驚いたベース板が血相を変えて覗き込んだ。

「刺された！　ナイフで刺されたんじゃぁ～」

　平之進がうずくまって呻いている。

「ナニ!?　おっ、おい、誰か早く看守を、看守を呼べー！」

　助役が叫んだ。

「誰がやったんじゃ!?」

　坊やが言うのを遮るようにしてベース板がキッと清造を睨みつけ、

「分かっとんじゃ！　お前じゃろうが。初めからどうもおかしい思うとったんじゃ！」

　と清造に今にも躍りかかろうとしたその矢先、見廻りの看守が慌てて飛び込んで来た。

「こらーっ、やめんか！　全員その場に正座！」

急を聞いた貫治も息せき切って駆けつけて来て、倒れ込んだ平之進を見て、

「動くな、動くなよ。おいっ、大至急医務室に連絡じゃ！」

若い看守が慌てて飛び出して行く。

「平さんにもしものことがあったら許さんぞ！……何もかも台無しじゃー……」

ベース板の怒りは収まらない。助役と坊やがこれをなだめる。

すぐに貫治が、

「ちょっと見してみい」

「ウー、ウー、刺された！　ここを刺された……」

貫治は屈み込んで呻きまわる平之進の服をまくり、腹部を注意深く診る。皆も一斉に平之進を覗き込む。

……しかし……。

そこには血も流れてなければ、刺された痕も何も無い。

平之進の臍《へそ》の右上の辺りに、おできを引っ掻き赤く腫れた小さな傷がわずかにあるだけだ。それも夜腹を出して寝ていたため、蚊に刺されて出来たおできなのである。

「痛いんじゃー、嘘じゃないけぇーっ、ナイフで、刺されたんじゃ。ここを……」

「……」

力無く喚く平之進のそばから、皆、ため息をついて離れてゆき、言葉もない。

次第次第に平之進の勢いも弱まってゆく……。

薄々感じてはいたものの、貫治も今度ばかりはさすがに平之進の尋常でない症状の進行をあらためて認識せざるを得なかった。

これからこの症状が進展してゆくのをどう治療し、またどう対処してゆくか、それよりも一体治療で改善できるものなのか……?

どうなだめてよいものか、声をかけるのも躊躇されその場に立ち尽くしていると、

「森島さん、ちょっと……」

と部下の健一が房の外から緊張感漂う声で呼んだ。

廊下に出た貫治をそっと向こうに連れて行くと、

「大変です。ナイフが実際一本紛失しとるそうです!」

「な、なにぃ!?」

看守が医務室に知らせに走ると同時に、「凶器」かと思われた食用ナイフの数を確認のため、すぐに別の者が食堂棟に行き確認したところ、確かに一本足らないことが判明したというのだ。

「支所長がお呼びです……」

「ウ～ム……」

不可解である。

平之進の騒ぎは完全な本人のボケによる錯覚だったことが判り、今後が大変としても事件性はなく、その意味ではホッと胸を撫で下ろしていたところだった。

幻だったはずのナイフ……。

それが現実に一本無くなっているとはどういうことなのだろうか!?

「入ります!」

軽くノックして支所長室に入った貫治を見るやいなや、渋面の室谷支所長が語気を荒げて言った。

「だから私はナイフの導入に反対だったんだ!」

有無を言わせぬ勢いで貫治に迫ってくる。

「ちょ、ちょっと待って……。落ち着いて下さい。殺傷事件が起きた訳でも何でもないんです。以前から兆候はあったのですが、猫本の認知症と思われる症状が随分進行しているようなのです。ナイフで刺した、刺されたということでは無かったんです」

その貫治の説明を遮るように、

「当たり前です！ 施設内で殺傷事件が起こってたまるもんですか。それに……どういうことです!? ナイフが実際一本紛失しとるそうじゃないですか!! 大体、あんな連中にナイフとフォークを使わせるなんて、そんな話聞いたことありませんよ!!」

支所長がここぞとばかりに一気にまくしたてた。

そもそも高齢受刑者へのナイフとフォークの使用を申し出たのは貫治なのだ。何度も必要性を説き、粘り強く申し立てる貫治にとうとう根負けして、渋々支所長が許可した経緯があった。

「ですがその受刑者だって年をとれば歯は無いし、そのままでは飲み込めない。食事の時には必要不可欠なものなんですよ！」

この正論を言われると支所長は弱い。一理あるから正面から反論出来なくなるのだ。

ムッとして、しかしこれだけは言った。

「とにかく、無くなったナイフの行方を一番において探して下さい！　全くもう何てことですか……」

ここらが切り上げ時だろう。貫治は一礼して支所長室を後にした。

平之進の雑居房では、やり場のない怒りを抑えられないベース板がまだわめいていた。

「このクソじじいが！　何が介護じゃ、何が市民球場じゃ！　大ボケかましよって！」

とはいえ平之進に直接言っても仕方がないので、誰に言うともなく吠えている。

平之進はというと……すっかり落着きを取り戻し、ボンヤリと何事もなかったかのような平穏な顔をして澄ましている。

「ボケ、ボケ言うたらいけんぞー」

ベース板をたしなめるように清造が優しく声をかけた。

「あんたを球場に連れて行ってやりたいいう気持ちだけは平さんの頭の中にはっきり残っとるいうことじゃろが……。親心じゃ思えば腹も立たんて……」

「へっへー、平さんは蚊に刺されただけじゃもんねー」

と坊やが茶化した。

その日の午後、作業棟の廊下で清造が貫治を呼び止めた。

「これを……」

包まれた新聞紙の隙間で紛失した食用ナイフがギラリと光った。

「お、おい。どういうことや!? 説明してみい!!」

さすがの貫治も驚きを隠せない。

「……落ちとったんです……」

「なんじゃて? 落ちとったいうて、どこに!?」

あたりを見回し、誰も見ていないことを確認すると、貫治は廊下の隅に清造を呼び寄せ、ひと息飲み込んでから小声で言った。

「ちゃんと説明してもらわんと……。アンタひと月後には出所じゃろが……」

その様子を作業場の窓ごしにジッと横眼で覗き見ている者がいた。坊やである。

それもそのはず、ナイフは昨日の夕食の後、坊やがこっそり自分のものを隠していたものだった。それに気づいた清造が、夜皆が寝静まった後、坊やの所から密かに取り上げ隠していた。

坊やがナイフを隠したのとは全く関係は無いのだが、前夜食べる時にナイフを使った記憶が、平之進の頭の中で今朝になって「ナイフで刺された！」という架空の話となった。一見するとつながりがありそうにも思える際どいタイミングではあった。

作業場に戻った清造の横に、バツが悪そうな顔をして坊やがスーッと近づいて来た。

「……なんも人様に悪いことするつもりはなかったけえ……」

「……ほんなら何に使うんじゃった？」

ジロリと鋭い目で見上げて清造が言った。

「わし……死ぬつもりじゃったんじゃ……。出所しても行くところなんかありゃあせんし……。もう生きとってもしょうがない思うて……」

その時の坊やの横顔は本当に淋しそうだった。

だがすぐに清造の方を向き直り、

「わし……人に庇ってもらったことは忘れんけね」

そう言うと照れ臭そうにペコっと少しだけ頭を下げて、自分の持ち場に戻っていった。

出所しても行く宛てもなく微罪を犯しては何度もここに舞い戻ってくる坊や……。

自業自得とはいえ、ここを終の棲家にするというのか!? しかし、坊やのやり場のない気持ちが判れば判るほど、清造の心はやりきれない感情に覆われてくるのだった。

第九章

惨劇

その夜、清造は深い眠りの中で夢を見た。

否、果して夢だったのかどうか？

それは五〇年前の出来事……。心の奥底に深く沈み込んだ記憶が清造の心の海の中で、時々浮上し顔をのぞかせる。真実の鮮烈な残像が甦ったものなのかも知れなかった。


昭和二九年、綾子と結ばれた清造は人知れず佐原家に頻繁に通うようになった。

終戦後十年近く経っても夫は戦地から復員せず、かといって「戦死」の通知もない。事実上は「未亡人」であっても形の上では夫を待つ身であり、世間の目がある。

一週間の学校勤めが終わった週末土曜日の夜になると、佐原家の夕食に呼ばれる形で通う。一緒に食事をし団欒の後、息子の登が二階へ引き揚げた後も居間に残り、綾子との逢瀬を楽しんだ。泊ってこそいかないもののゆっくりと過ごして夜更けに帰ってゆく。登も自然にその二人の雰囲気に溶け込んでいった。知り合えば知り合うほど、清造は綾子への愛しさが深まってゆく。息子の登や近所の目を気にしながら、それは綾子も同じだった。

しかし、二人にとっての幸せの時間は長くは続かなかった。出征から十年が経とうとしていたその年の暮れ、綾子の夫の佐原元樹が奇跡的に復員してきたのである。

旧満州で終戦を迎えた元樹は混乱の最中捕虜となり、シベリアで抑留生活を強いられることとなった。極寒の地での厳しい環境の中、左手首と右足の膝から下を失い、杖をついた傷痍軍人として故国の土を踏むこととなった。

まさか生きて帰れるとは思わなかった。

口に出来ぬほどの苦労と辛酸を舐めたからか、元樹は時折人が変わったように陰鬱な表情を見せることがあった。それでも生きて家族の許に帰れただけで嬉しく、とりわけ生まれたばかりの乳呑み児であった我が子登の立派に成長した姿を見ることができたのは、何よりの幸せであった。

とうに夫は死んだものと思い諦めていた綾子ではあったが、戸惑いながらも元樹がどんな姿であろうと無事生きて帰って来てくれたことを喜んだ。

清造とは元樹が復員してきたその日から会っていない。夫が不自由な体となり生きて帰ってきた以上、子供のいる身でどうしようもないことであった。賢い清造なら必ず分かってくれるものと信じてもいた。

また、登はと言えば、生まれて初めて実の父というものの大きな存在を感じていた。

最初の内はお互い相手のことを思いやりながら穏やかな日々が過ぎていった。

　だが、左手首と右足の膝下を失った元樹は、思うままに体が動かせない不自由さや、決まった職に就けないことなどから苛立つ日が多くなり、次第に昼間から酒に手を出すようになった。普段は大人しい男なのだが、日ごろの鬱積からか、酒を飲むと人柄が豹変する。攻撃的になり、荒々しさを増す。買い置いた酒を飲み尽くした上に、さらにせびるので家計の苦しい中、そのことを綾子が諭すと、

「俺がどれほどシベリアで苦労したと思うとる⁉ ああ？ お前に分かるんか⁉」

　そう言っては荒れすさぶ姿を露わにする。

　はじめはそれでも抑留生活や不自由な体への同情もあって、ある程度は仕方のないこと、いずれは収まるだろうと綾子も耐えていた。

　しかし、収まるどころか、それは次第にエスカレートしてゆく。

　アルコール依存症の症状の中に「配偶者に対する嫉妬妄想」がある。

　自分のいなかった十年の間、年頃であった綾子に男が言い寄らなかったはず

はない、例え子供がいようと、女盛りの綾子に言い寄る男がいなかった訳がなかろう……。

そのように考えてゆくと、元樹の妄想の中ではもはや綾子の不貞が決定的なものとなり、取り澄ましている綾子が汚らわしく思われ、相手はどこの誰か……と猜疑心で一杯になってしまうのだ。

そして遂にそれは溢れ出し暴走をはじめた。

「お前……男がおるんじゃろう!?」

「……」

「ええ? ハッキリ答えてみい! わしがおらん間に男を引っ張り込んどったんじゃろうが!?」

「……」

「シベリアで、わしが生きるか死ぬかの瀬戸際でのたうち回っとる時に……お前はわし以外の男とよろしゅうやっとったんか。ああ!? ……黙っとらんで何か言うてみい!!」

「…………」

「黙っとったら分らんじゃろうが!!」

エスカレートした元樹は、次第に自分を制御出来なくなってゆく。

「何も言わんということは認めたいうことじゃな!? ああ? 認めるんじゃな!?」

ひと言も言い返すことが出来ず、目をそらしてうなだれている綾子に遂に元樹が手をあげ、肩口をつかむなり思いきり床に叩きつけた。

綾子は純朴で正直な女だった。

夫に嘘をつける女ではない。泣きながら遂に口を開いた。

「……そんなつもりは無かったのよ……。終戦から十年も何の音沙汰もなくて……。ほとんどあなたのことも諦めていて……。待てなかった……。一人でいることが恐かったの……」

あぁ！ 本当は聞きたくなどなかったのだ。綾子の口から最も聞きたくない言葉が発せられようとは！

しかし、気持ちとは裏腹に攻撃的な言葉が口をついて出た。

「……遂に言いやがったの……。わしは死んじゃあおらん……わしは死んじゃあおらんかったんじゃ!! このクソ女!! このー！」

逆上した元樹は、自由にならない体で振り上げた杖を何度も綾子の背中の上に振り下ろした。

相手の男の名前を言えと迫る元樹に、綾子はそれだけは口を割らなかった。息子の学校の教師だなどと口が裂けても言えることではなかった。

それからの元樹は、酒の量がさらに多くなり、飲む度に綾子に辛く当たった。彼女に対する暴力は執拗に繰り返された。

そして、遂に「あの日」がきたのである。

その日……。執拗に綾子をいたぶり続ける父親に対し、『大人の事情』と遠慮していた息子の登も何かただならぬものを感じ、二階から下りてみると元樹が杖で母親を殴り続けていた。

「おとうちゃん、やめてぇー!!」

「うるさい！　子供は黙っとけえ！」

身の危険を感じた綾子は、その隙に後先考える間もなく咄嗟に家を飛び出した。

「こりゃぁ、どこへ行きやがる!!」

これ以上は耐えられない。これ以上居たら自分も夫もどうなるか分からない。綾子も精神的に追い込まれていた。

路地へ飛び出すと、足は自然にすぐ近くに住んでいる清造の下宿に向かっていた。

夜九時をまわった頃であろうか、清造がふと人の気配を感じ、部屋の入口の戸を開けると、そこには着の身着のままの綾子が立っていた。

「綾子さん！ど、どうしたんじゃその格好は!?」

髪はほつれ、衣服も乱れ、無造作に草履をはいただけの綾子がそこにいた。血の気が失せたような顔をして、疲れ切った表情をしている。尋常ならざるものを察して清造は綾子を部屋へ招き入れた。

「とにかく中へ……」

その言葉にホッとしたのか、綾子は部屋の中へ倒れ込むように泣き崩れた。

「どうした、家で一体何があったんじゃ?」

「……もう……ダメ……。私、耐えられない……」

誰にも話せなかったこの間の元樹の人が変わったような豹変ぶりを、綾子は清造にだけは打ち明けた。というより彼にしか言えないことだったのだ。

ふと見ると、綾子の袖からはみ出た左手首上辺りに赤い痣のようなものが見える。

「身体《からだ》を……身体を見してみい！」

恥じらう綾子の背中をはぐってみると、透けるような白い肌に固いもので叩いたような赤い痣が何本も浮き出ている。

「こ、これは……」

話の中ではっきりとは言わなかったが、綾子が元樹から毎日のように暴行を受けていることは、もはや間違いないと思われた。

「わしが行って来る！ 綾子さんはここに居《お》りんさい」

「……でも……今のあの人は何をするか分からないわ……」

「大丈夫じゃ。登君という子供があるんじゃから手荒いことはせんじゃろう。わしに任せときんさい！」

そう言って出ては来たものの、清造の心の中には怒りが渦巻いていた。

やつれた綾子の姿……。そして背中に何本も残る赤い痣……。これを見た瞬間、いても立ってもいられなくなったのだ。

とにかく、今は綾子をあの家には帰せない。腹を決めるしかなかった。

しかし、どう話をすれば一番穏便なのか、また自分がどういう立場に置かれているか、残念ながら若い清造にはその時よく見えていなかった。

この感情に駆られた行動が、清造を取り返しのつかない運命の渦の中に巻き込んでゆく。


「こんばんは……」

元樹は玄関の開く音に、一瞬綾子が戻ったのかと思ったが、続けて太い男の声がしたのでギョッとした。しかも居間から見通すと、玄関の土間に立っているのは二十代の若々しい健康そうな男である。

「なんじゃお前は!?」

「登君の学校の教師をしている沢木と言います。ちょっとお話したいので上がらしてもらいます」

居間にはおかずや酒を飲み散らかしたままの卓袱台があり、その奥に元樹が片膝を立てて座っていた。登はいつものように二階に上がっているらしく、そこにはいなかった。

「登の学校の先生が、こんな夜中にわしに何の用かいの!?」

漠然としていた綾子に対する疑念が、今はっきり形となって目の前に突如現れ出てきたような気がして、元樹の心は嵐の海のように激しく波打った。

(この男か……)

綾子と深い仲になったのはこの男なのだと直感した。

卓袱台を挟んだ元樹の向かいに、清造は少し離れてゆっくりと正座した。

「綾子さんは……。奥さんは悪くないんです。悪いのは私です。殴るのなら私を殴って下さい」

言いにくいことをズバリと真正面から、隠すこともせず、まっすぐに迫ってくる。その潔さが益々元樹の心を掻き乱す。

「なんじゃと!? お前、わしの女房に何をしたいうんか……」

「奥さんに横恋慕した私が、ご主人の生死をきちんと確認もせず、奥さんに迫ったのです。もう生きて帰って来られることはないからと……。奥さんははじめは拒んでおられました」

庇っている……。綾子に対する深い愛情がひしひしと伝わってくる。それだけに余計憎さがつのった。

「おんどれぁ……。拒んどるわしの女房を手篭めにしたいうんか!」

そう言うが早いか、二人の間にあった卓袱台を元樹は思いっ切り右手でひっくり返した。

「ちょっと、こっち来い、お前……」

そう言われて正座のままにじり寄る清造を傍に置いた樫の木の杖で力一杯突き倒した。

起き上がってきた清造の胸ぐらをつかみ、

「この泥棒猫が！　わしがどういう気持でおるんか分かるんか!?　こういう体になって、女房まで寝取られたわしの気持ちが……」

今度は残った左足で清造は蹴飛ばされた。

「綾子さんが悪いんじゃない。わしが、わしが悪いんです……」

清造が謝れば謝るほど憎さが増してくる。なぜなら綾子が出て行って大して時間もたたないうちにこの男が訪ねてきたことで、もはや二人の親密な関係は明白ではないか!!

怒りの収まらなくなった元樹は、酔いも手伝って無抵抗の清造を殴り、蹴り続けた。

さすがに大きな物音に驚いた登が二階から下りてきて、居間の様子を階段の途中で窺っていた。

「先生！　どうしたん？　何で先生が……」

一瞬、元樹も手を止め平静を装った。

「こりゃ登、子供が口を出すんじゃない。お前は上へ上がっとけぇ!!」

激しく叱咤され、登は縮み上がってスゴスゴと二階へ引っこんでゆく。

この時もし登が一階に留まっていたなら、元樹も少しは理性が働き、あのような惨事にはならなかったであろうのに……。


その時、玄関で引き戸の開く音がした。

綾子であった。

清造の下宿にフラフラと逃げ込んだものの、元樹の今夜の錯乱ぶりを考えると、心配で様子を見に帰らずにはいられなかったのだ。

しかし、これがかえって火に油を注ぐことになろうとは……。

「お前……何しに戻って来た? まだわしに殴られたいんかぁ!?」

「あなた……許してくれとは言いません。悪いのは私なんですから。登を連れてこの家を出て行きます」

「……綾子さん！……」

その言葉を聞いた瞬間の元樹の何と淋しそうだったことか。

しかし、次の瞬間、その瞳には憎悪の炎が炸裂した。

「お前ら……。二人してわしをおちょくりに来たんか!?」

ガサガサっと体を反転させ、台所から元樹がゆっくりと持ってきたのは刃渡り30センチばかりの出刃包丁であった。

「死ね！　お前ら二人道連れにしてわしも死んでやる。どうせこの体、生きとってもどうにもならんわ……」

そう言うが早いか、居間の隅に呆然と立ち尽くしている綾子に向って、長い出刃包丁を振り上げた。

「やめんか!!」

咄嗟に清造は元樹へ体当たりをくらわし、その勢いで元樹の手から包丁が床に転げ落ちた。

そのまま二人は床の上で激しく揉み合った。

逆上した元樹は既に狂気と化している。健常者の清造であっても容易にはこれを抑えられない。形勢逆転し、元樹が馬乗りになって清造の喉を締め上げた。

鬼気迫る力に、清造は次第に息が出来なくなってゆく。

その時であった。
元樹の手が急に緩んで、顔がかすかに歪み、動きが止まった。
綾子が背後から元樹の背中を刺したのだ。
「綾子……」
元樹が振り返り、包丁を握り締めたままの綾子に襲いかかろうとしたまさに
その時、二人の間に清造が飛び込み、綾子の手から素早く出刃包丁を取り上げ、
彼女に刺さらないようにかばって体を反転させながら倒れ込んだ。

「どけっ！このピカの生き残りが!!」

『ピカ……』と罵倒され、瞬間、清造の頭は怒りで真っ白になり、

「ウォーーーオーーーー！」

と大声を出して元樹を跳ね返そうとした。

その時、ちょうどその真上に元樹が覆いかぶさってくる形となり、清造が固く握り締めた包丁はまともに元樹の首に突き刺さった。

あたり一面に血飛沫が飛び散った！

頸動脈を切られ、倒れた元樹はみるみる生気を失ってそのまま動きを止めた。

床はあっという間に真っ赤に染まってゆく。

鮮血に染まった包丁を握り締めたまま、清造は呆然とその場に立ち尽くしている。

思いも寄らなかったこの惨劇の結末に、綾子は尻もちをついたまま言葉を発することも出来ず怯え、体を震わせていた。

ほんの短い間、清造の頭の中ではめまぐるしく思考が駆け巡り、瞬時に様々な思いが脳裏をよぎった。

だが、目を閉じたまま一つ大きな深呼吸をして、目を開いた次の瞬間、決意したように口を開くとハッキリとした口調で綾子に告げた。

「えーか、これはわしがやったことじゃ。綾子さんは関係ない。あんたを諦め切れんかったわしが上がり込んでご主人と争うて、わしが刺したんじゃ！ええな、そういうことにするんじゃ。誰も見てはおらんし、登のためにもそうせにゃならんのじゃ」

「……わたし……わたしがあの人を刺したから……」

「言うな！全部わしがやったんじゃ！あんたは関係ない。大人が誰もおらんようになってどうする!? 登がおるんじゃぞ。気をしっかりせい、綾子さん！」

その時、先ほどからのただならぬ物音に遂に二階から登が恐る恐る降りてきた。

と、真っ赤に染まった血の海の中に倒れ伏している父親の姿を見るなり、

「お父ちゃん!!」

既に元樹は誰の目にも絶命していることは明らかであるのに、

「お父ちゃん！お父ちゃん！」

と駆け寄り体を揺すりながら大声で叫ぶ。

ところが次の瞬間、登は清造の拳を後頭部に食らい、もんどり打って倒れ込んだ。

さらに包丁をチラつかせて清造は綾子を向き直り、何を血迷ったのか、

「金を出せ!!」

と要求する。呆気に取られている綾子を蹴飛ばすと、居間の戸棚を物色し財布らしきものを見つけ懐に仕舞い込むと、玄関の戸が外れるほどの勢いで当て身をし、けたたましい音を立ててそのまま夜の闇の中へ消えて行った。

長屋の向かいの住人が今の物音に佐原家の異常に気づき、窓から顔を覗かせて、

「男が、包丁を持った男が出て来てそっちへ行ったぞ！　誰か!!」

と叫び、すぐに飛び出して来た。

佐原家の中に目をやるや、壮絶な惨劇の現場に、

「大変じゃ！　警察へ、警察へ！」

とすぐさま警察へ通報する。

「何事か!?」と近所の人々が次々に集まってくる。連絡を受けた巡査も交番から駆けつけた。

直ちに捜査網が敷かれたが、まもなく清造は本山川の土手を血だらけで歩いているところを取り押えられた。

警察の取り調べに綾子はショックのあまり多くを語ることが出来なかった。そのため未成年者とはいえ、その日同じ家にいた登の証言が重視されることとなる。

清造は供述を拒み、真実を語ろうとはしなかった。従って最終的には警察が描いた通りの犯行事実に同意させられることとなった。その事実とはこうである。

沢木清造は教え子佐原登の母親、綾子にかねてより横恋慕していたが、このほど綾子の夫の佐原元樹が無事復員してきたことを苦々しく思っていた。事件当夜、教師である地位を利用して夜、佐原家に上がり込み、綾子のことで元樹と口論になった。戦争で元樹が片手、片足を失って身障者となり抵抗も出来ない弱者であるにもかかわらず、まず背後から背中を刺し、自由を奪っておいて続いて頸動脈を突き刺すという残忍な方法で刺殺。泣き叫ぶ小学生で教え子の登と母親の綾子に暴行してこれを傷つけ、挙句に部屋を物色し金品も盗んで逃走した。また取り調べ中も自らの犯した過ちについて何ら語ろうとせず、極めて非協力で反省の姿勢が見られない・・・というものであった。

それによってつけられた罪名は「強盗殺人」、また量刑も死刑の次に罪の重い「無期懲役」の判決が言い渡されることとなった。通常、初犯でなおかつ突発的な犯行である場合、ここまで重い刑が下ることは無いものだが、弱者に対する稀に見る残忍な手口と、しかも妻と子供の面前でこれを行ったこと、また生徒の模範となるべき教職にありながらの犯行は責任が重いとして、異例の重い判決となった。

では真実はどうであったか？

元樹が死んだのは事故だった。

もっと厳密に言えば正当防衛の範疇に入るだろう。

しかし、問題はその前の綾子の行為にあった。

まず最初に、綾子が元樹を刺した。彼女を庇うなら、このことは絶対に誰にも知られてはならないことであった。そして何よりも、いくら元樹に問題があろうと、元樹が暴れるに至った大きな原因が綾子と清造の親密な関係にあったことは事実なのである。

また揉み合っている最中、元樹は原爆被害者を口汚く罵った。清造はそのことに激しい嫌悪と怒りをおぼえたのも事実だった。元樹は清造の境遇を誰かから聞いて知っていたのだ。家族全員が原爆の犠牲となり、自分一人が生き残ったという負い目は清造の心の奥深くに大きく横たわり、一生消えることのない傷である。それをなじられ、激しい怒りを感じた。その時、元樹に対し全く殺意が無かったかと言われれば、自分でもはっきりそうとも言い切れないものがあった。

清造は控訴せず、一審で判決は確定し服役した。

既にあれから五十年の歳月が過ぎていた。
その後、佐原母子とは清造は一度も会っていない。否、一度だけ綾子が広島の刑務所に面会を求めてきたことがあった。しかし、清造はその時、面会を拒んだのだ。綾子は何度か面会を申し入れたが、清造は断り続け、ついには綾子の方も諦めたようだった。

佐原親子が今、どこでどうしているかは知る由もなかった。

もはや出会うこともない……。

そう思われていた運命の糸が再び絡み合うことになるのを、この時まだ清造は知らなかった。

第十章　出所

刑務所の会議室では月に一度の定例会議が開かれていた。

室谷支所長や副支所長以下十数名の刑務官らが机を並べて真剣に討議している。

正面の黒板に大きく「高齢化社会と自立」と書かれてあるのが今日のテーマらしい。

PZ刑務所のベテラン、森島貫治のよく通る大きな声が朗々と響いている。

「……支所長のおっしゃりたいことはよく分かります。世の中では普通の人たちですら厳しい状況、高齢化問題も逼迫し、恵まれない老人たちも数多くいます。自分だってそのジレンマに悩んどります。でも、犯罪者も人間です。出来れば塀の外で最期を迎えさせてやりたい……そのためにも私たちが諦めてはいかんと思うんです」

「勘違いしてもらっちゃあ困る、彼らはお客さんじゃない。ここは永住の地でもない、しかも彼らは犯罪者です。同情するのならむしろ被害者の方に目を向けるべきでしょう。犯罪者たちの人権を言い、個人の尊重を唱えるのなら、彼らの責任をどう償っていかせるのかもしっかり突き詰める必要があると思いますがねえ……」

福祉的な観点を持ち、高齢受刑者の処遇に並々ならぬ情熱を燃やして以前から取り組んでいる貫治と、必要性は理解しながらもそれをそのまますべて容認する訳にはいかないとする支所長とが、最後にはいつも平行線となったところで時間切れ終了となるのだ。

「どっちにも一理ある……」と健一たちは毎度のことながら感心して聞いている。

その頃、雑居房のメンバーたちは、刑務所を見下ろす小高い丘の上に立っていた。

ここに尾道刑務支所が設けた無縁墓地がある。

年老いて刑務所の中で亡くなる受刑者もいる。誰も引き取り手のない者のお骨はここに葬られることになるのだ。お彼岸の今日、それら無縁仏の合葬された墓石とその周辺の清掃作業に来ているのであった。

助役が甲斐甲斐しく墓石に水をかけている。他のメンバーも草をむしったり、箒でまわりを掃いたり、せっせと動き回っている。

その中でここぞとばかりに活躍している男がいる。

「南無阿弥陀仏……」

娑婆ではお寺の僧侶であった稲井良寛は特別な計らいで、墓石を前にして読経を行っている。刑務所としての正式なものではないのだが、ただ掃除をするだけよりも、誰にも参られることのない無縁仏たちを、せめて成仏を願って即席のお経だけでもあげてやれば…というささやかな計らいからである。

「亡くなるたんびに親類縁者を探し回るんじゃが、なかなか見つからん……」

付添いの刑務官が独り言のように言う。

「わしもここに入ることになるんかな……」

「オイオイ坊や、人聞きの悪いこと言うなや」

寂しそうにつぶやいた坊やをベース板が小突いた。

ふと見ると、一人平之進がうずくまり、膝を抱えて震えている。

「どうしたんじゃ？　平さん」

心配して声をかけた清造を見上げる平之進のしょぼくれた目は怯え、涙が光っている。

「……わしは骨の髄まで悪党じゃった。じゃが、こんなわしでも死ぬんが怖い……。ボケが増々酷うなって、今に自分がコソ泥じゃったことも、いや、それどころか自分が誰じゃったかも忘れて、こんな寂しいところで一人死ぬことになるんか……。そう思うと堪らんのじゃ……」

いつになく正気を取り戻している平之進の目から、ポタポタと大粒の涙がしたたり落ちた。

清造がその肩をそっと優しく抱えてやった。

「チ～～～ン!!」

と鐘が鳴って、

「南無阿弥陀仏、南無阿弥陀仏、南無阿弥陀仏……」

良寛の即席のお経が響く。

助役やベース板、清造らが墓に向かって静かに合掌し、一礼する。

上空には透きとおるような秋の空が広がっていた。


鉄格子の窓から心地よい朝の陽が差し込んでいる。

雑居房では丁度朝食が終わったところだった。いつもと変わらぬ風景に見えるが、この日は特別な朝であった。

沢木清造の出所の日なのである。

「お勤めご苦労さんじゃったね、おめでとうさん」

助役が気持ちを込めてねぎらった。

「行ってらっしゃい、お早いお帰りを！」

「こりゃ！　馬鹿言うちゃあいけんど～！」

茶化す坊やを助役が制したところで、どっと皆の笑い声が上がった。

気の荒いベース板も今朝は大人しく、清造の湯呑みにお茶を注いでやろうとするが、慣れないことに手元がおぼつかない。

「最後じゃけ、わしに注がせてくれんさい」

清造がヤカンを取ってベース板の湯呑みに丁寧にお茶を注いでやった。

「みなさん、大変お世話になりました。わしゃ、娑婆でみなさんが一日でも早く出て来るのを待っとりますけえ」

一同それぞれの心に熱い思いを去来させる清造のひと言であった。

いつに無くしおらしくしていたベース板が、おもむろに自分の荷物からボールを取り出した。

「これをあんたに貰うて欲しいんじゃ。わしの形見じゃ思うて大切にしてくれ」

それはベース板が命の次に大事にしてきた硬球だった。

手垢で薄汚れ黒光りして「白球」とはほど遠いが、カープ選手時代の思い出のボールらしく、その後落ちるところまで落ちたこの男の唯一の心の拠所《よりどころ》であったのか、流転した人生の中でも肌身離さず持っていたものだった。

どういう風の吹きまわしか、ベース板がそれを手離し清造に託した。

「形見とはまた弱気なことを。お達者で〜、ナマンダー、ナマンダー、ナマンダー……」

と良寛が茶化しながら祈る。すると奥からググッと平之進が前に進み出て、

「わしはもうここからは出られん。出所の前にお迎えが来るんじゃろうて……。で、頼みがあるんじゃ。貫ちゃんに手続きしてもらって預けてあるから、出所

の時に渡される封筒を新球場建設の樽募金に入れて欲しいんじゃ。今度は盗んだ金じゃないけ、正真正銘わしがここで働いて貯めたお金じゃけ。せめてもの償いよの、わしにも夢を見させて欲しいんじゃ……」

「必ず……」

清造は平之進の皺くちゃな手を固く握って約束した。

「爺さん、大丈夫なんか？　またあとで金が無い無い言うて……」

坊やの横槍に、

「大丈夫じゃわい。今日はボケとらんけえ、フン！」

平之進は清造に向ってニタッと笑いかけた。


いよいよ時が来た。

尾道支所の分厚い扉が開き、中から沢木清造がゆっくりと出てきた。

これを送る者は森島貫治ただ一人である。

「お世話になりました……」

清造が無言で頭を下げた。

そのまま歩いて行こうとする清造に貫治が声をかけた。

「清造さん……。アンタ…もう自分を許してもええんじゃないかの?」

思わず清造が振り返る。

貫治が続けた。

「許されて生かされている不思議さよ……」

ハッとして清造は貫治の顔を凝視した。

「血の夕焼けの……のちの星空……」

「十分過ぎるほど罪は償ったと思うで。人の分までな」

驚きに見開かれた清造の目に、笑いながら最後に貫治が言った。

「今日からは五月のカープと同じ、季節はちょっとずれたが鯉の滝登りじゃ。上へ向かって生きていかんとねえ！」

沢木清造は深く一礼し、無言のまま刑務所を背にして歩みを進めた。

その目からは光るものが溢れ出していた。

この世に人の心を真に更生させるものがあるとしたら、それはあたたかい「人の心」なのではなかろうか？

定年を間近に控え、出世欲も何も持たず、ひたすら老囚人たちの老い先に気を揉む慈愛に満ちたこの男、ＰＺ刑務所看守長、森島貫治の誠実な真心に清造は心の底から感謝し、涙した。

何年ぶりになるのだろうか、出所した沢木清造は行く宛てもなく尾道の街中に出た。

尾道駅前から、線路と尾道水道の間を東に向かって伸びる商店街のアーケードの中を、あてどもなくブラついてみる。駅前の乗り場から、すぐ目の先に見える向島までのフェリーにも乗ってみた。

九月の終わりの穏やかな尾道水道にさざ波が漂う。潮風が心地よく頬の下をかすめて流れた。

海を見たのは一体何年振りだろうか。満々と水を湛えた海を見ていると、何とも言えない安堵の心が清造の中に広がってゆくのが分かった。

その後はロープウェイにも乗って千光寺公園を歩いてみた。

尾道の街を一望の下に見下ろし、その先の光る海に架かる尾道大橋が見通せる。

なかなかの絶景である。

ゆっくりと千光寺の山を歩いて降りると早くも日が陰っている。

この日は街外れにある場末の安宿に泊まった。


翌朝早く宿を引き払い、清造は尾道駅からＪＲの在来線で広島に向かった。

今日も空は青く澄みわたっている。

三原の手前で海沿いを走る列車の窓に、青々と穏やかな瀬戸内海が広がる。

清造はここから見える瀬戸内海が好きだった。

何年経とうと海の姿に変わりはない。目を凝らすと遠く四国までもが見通せそうなほど、美しい空と海が車窓に広がってゆく。


昼前に広島駅に着くと、清造の足は自然に平和公園へと向かった。

平和大通りに面して今は「国際会議場」となった北側の一角に、かつて清造の家があった。十四年という短い間だったが、父や母、兄や姉たち「家族」とそこで泣き、笑い、生きた日々が確かにあった。六十年前のあの日にすべては終わってしまったが…。

自分以外の家族は皆死に絶え、生き残った自分もすでに齢七十を超えている。

今は平和公園の片隅となったその場にしゃがんで、清造はそっと地面に掌を置いてみた。

「生きるんよ！ 私らの分まで!!」

そこに眠っているはずの母の声が聞こえたような気がした。

ハッと気を取り直し、原爆慰霊碑に手を合わせた後、原爆ドームの脇をすり抜けて広島市民球場までやって来た。

球場正面上方には大きく「夢と感動をありがとう！」と掲げられている。
昭和三二年七月に完成した広島市民球場も既に五〇年。老朽化による建て替えや修復の論議の末、地元経済界や行政などのさまざまな思惑が絡み合った結果、広島駅東側に「新球場建設」が決められた。二〇〇八年のペナントレースシーズン終了をもって、広島市民球場は半世紀の歴史に幕を下ろすこととなったのだ。

原爆ドームが広島の悲惨な過去の痕跡を留める象徴であるなら、広島市民球場はまさしく広島の戦後復興のシンボルであった。

このカクテル光線の下で人々は泣き、笑い、怒り、歓喜し、そしてある時は勝利の美酒に酔いしれた。男も女も、老いも若きも、大人も子供もここに集い、白球を追い、躍動する選手を応援し、同じ時間を共有し合った。

ある者はファンとしてスタンドでラッパの音と紙吹雪に包まれ、またある者は選手としてグラウンドで土にまみれた。

「ベース板が来たがっていたのお……」

清造はふと、このグラウンドで泥にまみれた側であったろうベース板のことを思い出し、我に返った。

日中、この球場は市民に開かれている。プロ野球の試合など有料な興業の日を除いて、誰でも自由に内野スタンドに入って見学出来るようになっている。その日は「少年ソフトボール大会」でもやっているのか、先程からユニフォーム姿の野球少年たちが盛んにうろちょろしている。

階段をトントントンと上がると、清造の目の前に鮮やかな緑の芝生のグラウンドが広がった。小学生たちが所狭しと駆け回って熱戦を繰り広げていた。

バックネット裏に腰を下ろし、しばらく少年たちのプレーに目をやったところで大事なことを思い出した。今日ここに来たのはその約束を果たすためである。

平之進の言うとおり、球場正面一階ロビーに「新球場建設協力樽募金」と銘打たれた大きな酒樽が確かに据え付けてあった。

清造は懐から平之進の思いのこもった募金袋を取り出し静かに樽の中に入れると、自分も僅かばかりの金を取り出してその中に放り込んだ。

秋を告げる涼風が球場前の街路樹の緑を揺らしている。

何気なく目をやった清造の視線の先に、球場入り口横の柱に貼られた「広島市民球場五〇周年メモリアル始球式」のポスターが飛び込んだ。

ぼんやりとそれを見ていた清造は、ハッ！　とあることに気付くと食い入るようにそのポスターを見つめはじめた。

沢木清造が出所した翌日、広島刑務所尾道支所を一人の白髪の紳士が訪れた。清造への面会に来たというのだが、ほんの僅かな行き違いであった。清造の近況などを聞きたいとの希望で、森島貫治が事務室に呼ばれた。

応接椅子に腰掛けている紳士から渡された名刺には、「株式会社　登鯉組《とうりぐみ》代表取締役」と書かれてあった。

「佐原登……」

その名前には見覚えがあった。

沢木清造に刺殺されたとされる佐原元樹の息子の名ではなかったか？　それがなぜ今になって清造を訪ねて来るのか!?当時十二歳の少年だった登ももはや初老の年代となっている。

「沢木さんの今後の生活の力になりたいと思いまして……。出所後の行き先など、何でもいいから手掛かりを教えてほしいのです」

佐原登は率直にそう切り出した。

「そういうことでしたら判ることはお話ししますが……。被害者の側であるあなたがなぜ？」

貫治が問い正した。

「……もう時効でしょうからお話ししてもいいでしょう。父は沢木さんに殺されたのではないのです。あれは事故でした。沢木さんは……沢木さんは母をかばい、私の身を案じてすべての罪を自分が被ったのです！」

佐原登の話によると、十年ほど前に亡くなった母、佐原綾子はその死の床で、登に父の刺殺事件の真相を話したということであった。真相を知らされると、今まで父の刺殺犯と思い込んでいた人物は、実は自分の恩人なのであった。そうと分って清造を探してみても途中仮出所した時期もあり、中々消息が掴《つか》めなかった。ようやくこの尾道刑務支所にいることを突きとめ、訪ねて来たのだ。

「酒に酔い、包丁を持って荒れ狂う父が母に襲いかかろうとするのを咄嗟に防ごうとして揉み合っている間に、沢木さんの持っていた包丁が父に刺さってしまったらしいのです」

貫治は聞いていて何か釈然としないものを感じた。

うろ覚えの記憶ではあるが、佐原元樹の傷は首だけでなく、確か背中にもあったはずだ。

二ヵ所に傷がある……。致命傷となったのは首の傷でこれを誤って刺したとすると、背中の傷は……。

致命傷に至らない背中の浅い傷。誤って刺したものではないとすると一体誰が……。

あの時階下にいたのは元樹と清造、そして綾子の三人だけだった。

その時、貫治はハッ！　とした。

やはりそうだったのだ。胸に引っ掛かっていたすべての謎が解けたような気がした。

「その原因になったのは母が……」

「もう、ええじゃないですか」

　登が苦しげに口を開こうとするのを貫治は制した。

「それらすべてを自分一身に受け留めて、承知の上で沢木は罪を償ったのです。見事やり遂げて、堂々と出所して行きましたぞ。きっと真相は墓場まで持ってゆくつもりなんでしょう。そういう男です、あの男は……」

「母は……十も齢の違う父に見初められて周りの言うままに結婚しました。復員してからの父は子供の私の目から見ても酷かった……。母は、沢木さんを愛していたのだと思います。何とかして沢木さんを探し出して、出所後の生活の手助けをして大恩を返して欲しい……それが亡くなった母の遺言です」

　それを聞いて安心した貫治は、清造が模範囚であったこと、寡黙な中にも皆に対する心配りを忘れず、人望が厚かったことなど彼にまつわることをいろいろと話してやった。そしてそれだけでなく、この刑務所での高齢受刑者に対する様々な積極的な取り組みなどを熱っぽく語った。

頷きながら静かに聞いていた佐原登は、そのような配慮の中で清造が受刑者としての日々を送れたことを感謝し、服役囚の更生について今後力になれることがあれば協力を惜しまない気持ちを伝えて帰って行った。

第十一章

ベース板　汚れた白球

突然、ドドーン！と鈍い音が尾道刑務支所の廊下に響いた。

ＰＺ棟の階段からベース板が転がって落ちたのだ。

「どしたんじゃ⁉」

囚人たちの緊迫した声がする。

「ウー……」

左胸を押さえて倒れたベース板が呻いている。

作業棟での午後の作業がひと段落し、天気の良いこともあり、休憩時間に階下の中庭に出ようとしていた矢先のことだった。

その苦しそうな表情から、胸の痛みがただごとでは無いことが見てとれた。

倒れているベース板を取り囲むようにして雑居房の面々が駆けつける。

「こりゃいかん！すぐに救急車じゃ！」

貫治が大声で部下の健一に指示を飛ばした。

みるみるベース板の顔は青ざめ、額には脂汗が浮かんでいる。

「すぐに救急車が来るけーの。もちぃと辛抱せぃよー！」

　坊やが励ました。

　ベース板は激しい胸の痛みに顔を歪めながらも何か小声で呟いていた。

「……もう一度だけ……。市民球場……マウンドに……」

「なんじゃ!? なんて言うとんじゃ!?」

　そのままふーっと力が抜けたかと思うと、ベース板の体は動かなくなった。

「心臓が止まっとる！ まずいど、おい、ちょっとみんなどけ！」

　脈のないのを見てとると、ベース板の着衣の胸のボタンを引きちぎって開け広げ、貫治は心臓マッサージを始めた。

「ハッ、ハッ、ハッ、ハッ……」

　横たわったベース板の左胸の上に重ねた両掌に神経を集中して、心臓に刺激を加える。

「死ぬんじゃない、こんな所で死んじゃいけん!! 生き返ってこい！ こっちへ戻って来るんじゃあー！」

必死の形相で貫治の心臓マッサージが続く。遠くから救急車のサイレンがかすかに聞こえ出していた。


「あっけなかったのぉ～」

坊やが力無く呟いた。

「長いこと生きた思うても、人間死ぬるときはあっという間じゃの……」

街外れの小高い丘の上にあるＰＺ刑務所に救急車が着いた時には、既にベースの心臓は止まっていた。到着した救急隊員の懸命の蘇生術も空しく、ベースの心臓が二度と鼓動を再開することはなかった。

享年七五。

簡略な葬儀を終え、ベース板の遺骨は刑務所近くの丘の上のあの無縁墓地に葬られた。

雑居房の小机の上に簡素な位牌が置かれた。それには稲井良寛のつけた風変わりな法名が書かれている。

『一球入魂直球居士』

「ベース板らしい法名じゃのお〜」

誰かが呟いた。

位牌の前にはひとり良寛が進み出てお経を唱えている。あとの三人はその後ろに一応正座して、形だけでも初七日の供養をしてやっているつもりでいた。

「逝ってしもうた……」

平之進がポツリと気が抜けたような声を出す。

「元カープの選手言うても最期は淋しいもんじゃ……」

「それがの、貫ちゃんの話だと、どの本を見てもカープに板東八郎の名前は見当たらんのじゃと……」

助役がみんなに説明するように言った。

「ほんなら何か、カープのピッチャーで鳴らしたいうのは嘘じゃった言うんか!?」

坊やが怪訝そうに問うと、

「まあ球団としては、ほとんど活躍してなかった無名の選手で、その後刑務所を出たり入ったりしとるようなしょうもない悪党は、古い記録からは当然消してしまいたいじゃろうからの〜……。今となってはベース板がカープの選手じゃったかどうか、本当のところは闇の中じゃ……」

坊やを諭すように助役が答えた。

「ウ、ウォホン！」

お経を読み終えた稲井良寛は、こちらを向き直ると本物よろしく、厳かに講釈を垂れはじめた。

「仏教では、生・老・病・死の四大苦……。つまり生まれること、老いること、病むこと、死ぬること……この四つだけは人間の思うままにならないものと申しますが、故人の場合もまさかこんなに早く亡くなることになろうとは、思いもよらなかったことでしょう……」

何やら本当の初七日のように場はしんみりとしてきた。

所を得たりと良寛が勢いづいて、

「そもそも故板東八郎は〜！」

とやり始めたところを、

「これじゃあ何のために生まれて来たんか分かりゃあせんわ!!」

坊やが遮った。

「……死にとうない……。ここでは死にとうない……」

助役が続ける。

「なあ、わしら……。こんな所で死んでええのんか!? このまま出たり入ったりを繰り返しとると、結局そういうことになってしまうんど。働けんのじゃったら、格好つけんと生活保護でも何でももろうて、そろそろちゃんと生きていかんとホンマにここで死ぬることになるど。それでもええんか！ みんな!?」

それまで黙りこくっていた平之進も初めて口を開いた。

「ベース板はまだ可愛いもんよの。わしなんか自慢じゃないが出たり入ったり、22回ど。生活保護を先にもろうてしもうたようなもんよの……。わしゃ〜ここからは出らりゃあせん。死んでも三途の川は渡れりゃせんわい……」

「じいさん、ここは老人ホームじゃありゃせんぞ。死ぬまでおってええとこじゃないんじゃけえの」

助役が諭すように言った。

神妙な面持ちでこれを聞いていた稲井良寛が再び口を開いた。

「……み仏の教えに人・物、すべてに感謝と善行を施すこと……。というのがありましてな。どんな悪人でも改心してすべてのものごと、すべての人に感謝の心を持ち、どんな小さなことでも善行を施すことによって極楽へ行けるというものでありますのじゃ……」

「わしゃ親父もお袋も小さい時に原爆で死んでしもうて、顔もよう覚えとらんし、その後の養父母も亡くなって……。感謝する人間も、善行を施す人間も今じゃあ周りに誰もおらん。誰かに何かをしてやろう思うても相手がおりゃあせんのじゃ……」

坊やが言った。

するとすかさず良寛が説く。

「それなら身近な仏のために、何か自分の出来ることをしてあげるということなら出来ますじゃろう？……」

「……ベース板のために、何かをしてやるいうんか？」

「そういやベース板のやつ、市民球場へ行きたがっとったのお〜」

助役がポツリと呟いた。

「……死んだベース板のためにせめて何かしてやりたいの。わし……今、生まれて初めてこんな気持ちになってきとるけぇ……」

坊やが何かを悟ったかのように清らかな顔をして続けた。

「せめてあのボールだけでも市民球場に届けてやれんものかのぉ？」

「……ベース板のボール……。そういや遺品の中にあのボールが無かったような気がしたが……」

助役が何気なくそう言った時、

「アッ！」

ほとんど同時にそこにいる四人全員が思い出していた。

ベース板が肌身離さず持っていたあの薄汚れた硬式のボール……。

あの日、清造が出所の朝、いつになくしおらしく、

「わしの形見じゃ思うてこれをもろうてくれ！」とベース板が清造に託していたことを。


これを虫が知らせたとでも言うのか……。


ベース板の形見のボールを受け取ったことによって、雑居房に残された四人の老囚人と沢木清造の運命の糸が、今、再び絡み合うこととなったのであった。

「うむ……。四大苦の四つの苦しみで、四苦……。ゴロもよし……ベース板が旅立つ四九日までに何とかしてやるのがよかろうかの。ナマンダー、ナマンダー……」

良寛が、手にした数珠で拝みながら、何かの謎かけのように締めくくった。

第十二章　メモリアル始球式

「えっ!? ベース板が……」

　受話器を手にした沢木清造は、森島貫治から突然の訃報を聞いて絶句した。

「そーなんじゃ。急性の心筋梗塞でな、救急車が来た時にはもう手遅れじゃったんじゃ。糖尿があったから注意はしとったんじゃが……」

　つい先日まで元気だったのに、人の運命など分からないものだ。

「そいでな、雑居房の残る四人も今度ばかりは身に沁みたみたいでなあ〜、四人からあることを頼まれとるんじゃ」

　貫治がつづけた。

「あんた、出所の日の朝、ベース板からボールを渡されたろう? 形見じゃ思うてもろうてくれとか何とか言われて……。まあそれが本当になった訳じゃが、ベース板の供養に、そのボールを広島市民球場に持って行ってやりたいから、あんたに連絡取ってみてくれいうて頼まれとるんじゃ。」

　あのとき!! いつに無くしおらしかったベース板から確かに清造は汚れた古

い硬球を渡された。

「わしの形見と思うて……」とベース板は真顔で言っていたが、こうなってみると薄々自分のことを予感していたのかもしれない。


受話器を置いた清造は暫し考えに耽った。

何はともあれ雑居房の四人が、亡くなったベース板を供養してやりたいと考えていることが胸に響いた。皆、出来るならばあんなところで一人淋しく死んでいくのは嫌だと考えてはいるのだ。場末の刑務所の無縁墓地にどこの誰とも知れぬ者たちと合葬されるよりは、ベース板の魂が宿っているとも思えるようなこのボールだけでも、せめて解き放って外の世界へ葬ってやりたい……という気持ちなのであろう。

死者とはいえ、身近な者を大事に思う気持ち……。これは人間としての更生への第一歩というべきではないだろうか。

その時清造は、ふとあることを思い出した。

先日、市民球場前で目にした「メモリアル始球式」のポスターのことだ。

広島カープでは広島市民球場創立五〇周年を記念して、いくつかの試合で始球式を一般公募していた。老若男女問わずカープへの思いを用紙に綴って応募し、その中から球団が選ぶ。落選を承知で応募してみる価値はあると思った。

清造はダメで元々と申し込んでみることにした。

しかし間違っても「元カープ選手で服役中に死んだ者の供養のために……」などと書けはしない。少しひねって次のような文句を考え手紙を出した。

「拝啓
この度メモリアル始球式のことを知り、初めてお便りいたします。

私の知人Bさんは病気がちで長年入退院を繰り返しておりましたが、この度入院先で永眠いたしました。Bさんはカープ発足の頃からの古いファンで、最後にもう一度広島市民球場にカープの応援に行くのを楽しみにしておりましたが果たせませんでした。

Bさんとは入院先で一年前に知り合いましたが、彼は腕に覚えもあり、若い頃にはカープの入団テストも受けたことがあるほど無類の野球好きでした。Bさんは入院中、辛い時、苦しい時、テレビやラジオの中継でカープの選手の頑張りに励まされていました。また四番バッターをことごとく他チームに取られても、無名な選手をコツコツと鍛え育て上げて戦力とし、強豪チームと互角にわたり合うカープをこよなく愛しておりました。

Bさんは昔外野席で捕ったカープ選手のホームランボールを何十年も宝物の

ように大切にしていて、よく見せてくれたものです。しかし、そんなBさんですが長年の入院生活で身寄りもおりません。この度遺品を整理していたところ、このボールが出て参りまして病院の相部屋の他の方々とも話し、供養のためにぜひこのボールを広島市民球場に持って行ってやりたいということになりました。

ちょうどその頃、このメモリアル始球式のことを知り、誠に勝手なお願いではございますが、カープを愛してやまなかったBさんの魂のこもるこのボールで始球式をさせていただければBさんも本望と思い、応募させていただきました。何卒よろしくおねがいいたします。

敬具

沢木清造

広島カープ球団　殿」

それから何日か後、思いもかけなかった広島カープから返事が来た。
何とこのメモリアル始球式に清造が選ばれたのである。しかも今季最終戦!!「戦後を市民と共に生きた広島市民球場五〇周年の最後の試合を締めくくるにふさわしい!」と球団が判断し、次のような何とも熱いラブコールが届いたのである。

「メモリアル始球式へご応募いただきまして誠にありがとうございます。また
お気持ちのこもったお手紙恐縮です。
この度の沢木様からのお手紙、涙なくしては読めませんでした。球団発足当初からのファンの方々が長年私たちのチームを愛し、ご声援をいただいている

ことが胸に沁みわたるお便りでございました。

亡くなられたご友人の方の供養のためという熱い思い、確かに受け止めました。

つきましては十月十五日、対ヤクルト最終戦（午後六時試合開始）の始球式を沢木様にお願いいたします。ボールもご友人の方の遺品のボールで結構です。ぜひとも亡きご友人の思いをマウンドからホームベースに力一杯投げ届けてあげて下さいませ。詳しくは後日改めてご連絡させていただきます。

広島東洋カープは世界最初の原子爆弾投下から6年後、焼け野原の中から広島市民、県民の皆様の手によって作られたという歴史を持つ日本で唯一の市民球団です。弱い時も強い時も、多くの市民、県民、ファンの皆様に今日まで支えられてきました。昨今のＦＡ制度では潤沢な資金を有する大きなスポンサー企業を持たない私たちの球団は苦戦しており、カープで育った主力選手の他チームへの流出傾向が強まり、多くのファンの方々にご迷惑をおかけし誠に心苦しい限りです。皆様の期待に必ずしも応えられていないのも事実です。
しかし私たちは資金の力で年俸を庶民の生活とかけ離れた莫大な金額に吊り上げ、スター選手を他チームから引き抜くのではなく、自分たちのチームでコツコツと育てた選手と優勝を争うというチーム作りのこの姿勢に誇りを持っております。
近い内、必ずやペナントを争う躍動するチームの姿を皆様にお見せできると確信しております。
どうかよろしくお願いいたします。
二〇〇七年十月一日
株式会社　広島東洋カープ企画部　桃井美行
沢木清造　様」

清造は早速貫治に連絡をした。

「ホンマか!! 何とそりゃあ……願ってもない温かいことじゃのお……。ベース板も喜ぶじゃろうて……」

「はい……。ただ一つ、頼みたいことがあるんです。わしにはもうマウンドからホームベースまでボールを投げるような肩の力は残っとりません。で、看守長さんの知り合いかなんかで、わしに代わって投げてくれる人を見つけてもらえんじゃろうか!? 球団に問い合わせたらそういう人がおればそれでもいいですよと言ううんじゃが……」

「ほうか……。ウ～ン……そりゃあ……。ン、まぁ何とか当たってみよう。せっかくのことじゃからのお～」

第十三章　そして、最終章

その日、尾道刑務支所では異例の措置が行われた。一部の受刑者を施設の外に連れ出して清掃奉仕作業を行うことになったのだ。

「只今より呼ばれる四名は別室にて清掃奉仕作業を行う！」

新谷健一が大声で号令をかけた。

「猫本平之進！」

「オーイ……」

「千頭和左門！」

「へ～イ……」

「山本金三郎！」

「ファ～イ……」

「稲井良寛！」

「ホイホ～イ……」

（？　？　？　？……）

呼ばれて集まってみると雑居房のいつもの四人である。

「別室で作業着に着替えて待機!!」

「なんかいの〜、わしら何か悪いことしたかいねー？」

作業着に着替えながら坊やが怪訝そうにぼやいている。

「準備が出来たら整列！　一列に並んで、前ぇ〜進め!!」

四人は若い看守に促されて歩いて行く。階下へ降り中庭を抜けさらに進んでゆく。

服役棟を右手に見ながらなおもその列は進み、正面監視棟の前で止まった。

そこにはハザードを点滅させた車がエンジンをかけたまま停まっている。

門衛に敬礼して健一はさらに声を張り上げた。

「これよりPZ二号棟、四人二五一番、二一一番、二三八番、二八七番、以上四名、特別移送のため出所します！」

刑務所の重い鉄扉が軋むようにして開き、呆気に取られる四人を乗せた移送車両がゆっくりと発車した。

後部座席に座らされた四人は訳が分からず神妙な顔をしている。

「わ、わしら脱獄したんと違いますけぇね……」

坊やがオドロオドロしく口を開いた。

「……移送いうて……どこまで行くんかね？　……わし、チビりそうじゃが……」

助役が心細そうに言ったのが可笑しくて、

「ウワッハッハッハ……」

助手席の年配の男が堪え切れずに笑い出した。

見ると、看守長の森島貫治が後ろを振り返り、四人を見て意味ありげに笑っているのだった。

二〇〇七年十月十五日、広島市民球場最終戦、空は雲一つ無い見事な秋の夕暮れだった。

試合開始の午後六時が近づくにつれて、スタンドの応援もヒートアップしてくる。

場内アナウンスが鳴り響く。

「本日は広島東洋カープ対東京ヤクルトスワローズ、今季広島市民球場最終戦でございます。

只今から試合開始に先立ちまして、メモリアル始球式を行います！」

フッ……っと静かになった球場の一塁側カープベンチの中から沢木清造が現れた。

アナウンスが続けられる。

「本日の始球式の当選者は、広島市中区にお住まいの沢木清造さん、七四歳です。今年亡くなったカープファンのご友人への思いを込めた始球式です。また沢木さんの代わりに投球を行うのは、沢木さんが小学校教師時代の教え子、佐原登さん。五〇年振りの再会です！」

スタンドから拍手の波が静かに広がった。

その時、ベンチからグラウンドに上がってきたのは、月日を経て今は壮年となったが紛れもない、あの佐原登であった。

「の、のぼる‼」

「先生！……お久しぶりです……」

「ほ、本当にあの登くんなのか？……」

「先生、十年前に母が亡くなる時にすべてを聞きました。先生は私たち母子の恩人です。長い間のお務め、本当にご苦労様でした！」

孤高の清造の瞼《まぶた》にみるみる涙が滲んだ。言葉が……言葉が出てこない。沢木清造が人生を賭した贖罪《しょくざい》が報われた瞬間だった。

「先生！ 私の球を受けてくれませんか！」

そう言うと登は清造にキャッチャーミットを渡した。瞬間、登を見上げた清造であったが、すぐに思いを決してベンチ前で登にベース板のボールを託し、そのままキャッチャーのポジションに向かった。登はゆっくりとマウンドに歩みを進めた。

少しの間をおいて、球場のあちこちから大きな声援が飛ぶ。

スワローズの一番打者がバッターボックスに入った。

その時!!

カープベンチから、一人の選手がバットを片手に現れた。

その選手がスワローズの先頭打者・青木に耳打ちすると、青木は笑顔で軽く首をすくめ、三塁側の自軍ベンチ前に下がって行った。

と、バックネット裏から始まったざわめきが内野スタンドに広がり、瞬く間に広島市民球場全体がざわついてきた。

その選手はビュン、ビュンと本番さながらの素振りを繰り返す。

場内アナウンスがコールした。

「バッター前田、背番号1！」

次の瞬間、球場中に地鳴りのようなどよめきが湧きおこった。

広島カープの背番号1番、前田智徳がゆっくりと左バッターボックスに入り、マウンドに向かってピタリと構えるとそのまま動かない。

登がマウンド上で大きく振り被った。

そして清造から渡された薄汚れた硬球をバッターに向かって思い切り投げた。

「アアッ！」

ボールがベース上を通過する瞬間、そこに居た誰もが声を上げた。

前田選手のバットがきらめき、ベース上で一閃したかと思うと、投げられた始球式のボールをものの見事に真っ芯で捉《とら》えた。

「カキーーン!!」

乾いた打球音が球場中に響き渡ると、弾き返された白球は、ライトスタンド上空に向かって一直線に飛んでゆく。

スタンドの上で失速することなく、最上部の看板をも超えて、暮れかかった広島市民球場の外野の空に吸い込まれるように、静かに、静かに消えて行った。
カープファンの夢と、ベース板の魂を乗せて……。

この日、秋の夜空に星が降るように輝いていた。
そして、その夜……
広島市民球場に、愛が降ったのだ。

そして、最終章

エピローグ

雑居房の四人はその一部始終を広島市民球場の一画で見守っていた。

移送車両が球場に着いた時には、さすがに四人は仰天した。

「只今から清掃奉仕作業を行う。客席のゴミを拾うてもらうけえな」

と貫治が指示した。

彼らの着ている作業着の左胸には「登鯉組《とうりぐみ》」の文字が縫いつけてあるのが見える。

一塁側内野スタンドを外野に近い方からバックネットに向かって丹念に清掃してゆく。

彼らの目の前に、天然芝が鮮やかな緑のグラウンドが広がった。

「きれいじゃの～」

坊やが清掃の手をおろそかにして見とれている。

バックネット裏までスタンドのゴミを拾い集めた一行は貫治の、

「暫時休憩！　しばらくの間待機！」

　との指示を受け、その後球場一階のグラウンド要員の待機所に移った。少し小窓だが、そこからはグラウンドが見渡せるようになっていた。

見ると既に開門していて次々に観客が入場してきている。

　ほぼ満員になった頃、試合開始時刻を迎え、そしてあの始球式となった。

　場内アナウンスで清造の名前がコールされた時、四人は耳を疑った。

「今、さわきせいぞう……。言うたか!?」

「おい!?　あれ、清造はんじゃ!!」

　その後の成り行きに、彼らもやっと今日のこの清掃奉仕作業に出てきた本当の意味が呑み込め始めていた。今日はベース板が亡くなってちょうど四十九日。何をどうやったのかは知らないが、貫治の粋な計らいによるものであることは間違いのないことだろう。

　これはベース板の供養なのだ。

四人の老受刑者の目に光るものが輝き、胸には熱いものが湧き出した。

あの日、「ベース板のために何か供養してやりたい……」との四人の話を、房の傍らで立ち聞きした貫治は考えていた。

一人の同室の受刑者仲間の死をきっかけに、四人は変わり始めている。人のために何かをしてやりたいという気持ち、これは彼らが更生してゆくための第一歩であると。初めて芽生えたその気持ちを大切にしてやることは、必ずや更生の道につながるはずだと思ったのだ。

折しも、出所した清造が今季最終戦でメモリアル始球式のピッチャーに選ばれた。

そこで以前協力を申し出てくれていた佐原登氏の経営する会社「登鯉組」が広島市民球場の改装修理・清掃なども手掛けていることから、今日のこの計画を思い立った。

「もう！　私は知りません！　全責任はあなたが取って下さいよ、全くもう！」

絶対に駄目だと言い張っていた支所長も、再三再四食い下がる貫治の情熱の前に、遂に兜を脱いだのだ。

夜空に高々と舞い上がり、消えてゆく前田の打球を見届けると、貫治は四人に言った。

「本日の清掃奉仕作業、これにて終了。只今より撤収！」

「へ〜い！」

その声は感激に弾んでいるように思えた。

その夜、帰りの移送車両の中で平之進は夢を見た。

否、平之進の混沌とした頭の中では、それは今や現実なのかも知れぬ。

悲願の初優勝の日、後楽園球場のお立ち台の上で山本浩二が泣き声とも叫び声ともつかぬ「ウオー!」という雄叫びを上げてスタンドの大観衆に応えていた。

その大観衆のシーンが次第に静まってゆくと、場面は今度は広島市民球場になっていた。

マウンド上に横一列に並んだカープの選手たちを背に、進み出た古葉監督がマイクを手にして言った。

「本当に、優勝したんですね!!」

その途端、満員のカープファンから割れんばかりの拍手と歓声が球場中に響き渡った。

「打ったー! 長嶋、ジャイアンツから二夜連続のサヨナラホームラン! サヨナラだ、サヨナラだ、サヨナラだ〜!!」

ホームベース上で手荒い祝福を受けるミラクル男、長嶋清幸の得意気な笑顔。

最後のバッターを渾身のストレートで三振に仕留め、雄叫びを上げて飛び上がる津田投手。キャッチャーの達川が駆け寄り、ベンチから飛び出してきた選手らとマウンド上で監督の胴上げが始まる。

神宮球場でのカープ優勝の瞬間、その時、レフトの守備位置からようやく駆け戻って来た山本浩二を、胴上げの輪の外で衣笠が待ち構え、二人ヒシと抱き合い、そして一緒に若い皆の輪の中に溶け込んでいった。ああ、何度思い出しても胸が熱くなる、チームメイトでもありライバルでもあった二人の男の友情……。

「山本浩二は幸せ者でした！」

「私に野球を与えてくれた神様に感謝します！」

「わが選んだ道に悔いは無し！」

「子どもたち、野球はいいもんだぞ！　野球は楽しいぞ！」

「仲間に感謝、ファンに感謝！」


名ゼリフを残し、引退していった山本浩二、衣笠祥雄、大野豊、野村謙二郎、佐々岡真司ら、カープひと筋を全うした歴代の名選手たちの引退セレモニーが走馬灯のように駆け巡る。

そして、記憶も鮮やかなあのシーンが甦る……

「こんな選手をね……応援していただいて……。ありがとうございます……」

前田智徳の二〇〇〇本安打の日、お立ち台で男泣きのシーンを思い出し、一緒に泣いている自分にハッと気がついたところで平之進は夢から醒めた。

そのとき、大きな鉄の扉が開いて車はゆっくりとその中へ吸い込まれて行った。

「おーい、着いたぞ！　皆足元に気いつけて降りーよ～…」

貫治のいつもの声が響く。

ここは尾道刑務支所。

目の前に建つのは通称ＰＺ刑務所。
日本で唯一の高齢受刑者専用服役施設……。

「本日の作業、これにて終了！」

また明日からいつもと変わらぬ日々が続いてゆく。
出所し、幸せに暮らすことを夢に見ながら……。
少しでも、僅かずつでも真っ当な人間になることを目指して、
今日も社会の片隅で生きている老人たちが、
ここにいる。

あとがき

2006年、エッセイ『カープファン物語』を出版した私に、映画企画『愛が降る球場物語』(広井由美子さん脚本)のノベライズ(小説化)の依頼があり、2年かかって小説を完成しました。「自由に膨らませてもらっていいから」とのことで、脚本をベースに大幅に加筆し、ひと味違った作品に仕上がったと思います。また地元では知人や仲間たちが「広島組」を作って支援の輪を広げ、映画の製作も決まり記者発表までされました。しかし、2008年、折からのリーマンショック等世界経済激変のあおりを受け、制作が中止に。苦労して書き上げた小説は自宅の部屋の片隅で埃をかぶってくすぶることとなりました。

命を削って書いた渾身の作品を本にして世に問いたい、そして何より、物語の登場人物たちが「オレたちを世に出してくれ!」と私を急き立てるのです。

それからは私個人として小説単体での出版を目指し苦節7年、あちこちへ持ち込みましたが実績の無い無名な作家の作品を、刊行してもらえるほど世の中甘くはありません。しかし、仕事を持ちながら、夜寝る時間を削って書き上げた本作品を、どうしても世に出したい思いが募り、このたび、たくさんの方々の支援を得て遂に出版出来ることになりました。

多くの方々に読んでいただきたい。カープと市民球場と広島の戦後の歴史が紡ぐ泥臭い物語を。

そしてまた、広島を題材にした作品を、これからも広島から発信していきます。今後の新作にもご期待下さい。

２０１６年9月吉日

つかさまこと

著者紹介

つかさまこと

1957年広島市生まれ、広島市育ち。広島市在住。広島舟入高校、日本大学法学部法律学科卒。 東京で法律事務所勤務の後、故郷の広島に戻り、長年にわたり商工会に勤務。2008年より医療福祉系団体の職員を務める。仕事の傍ら40歳から創作に目覚め、小説や詩、エッセイなど文筆活動を始める。2006年、自伝的エッセイ『カープファン物語』を出版。全国のコアなカープファンの間で話題となる。広島に根ざし広島を題材にした作品を、広島から発信。スポーツ全般が好きで、野球はもちろん生まれた時から根っからのカープファン。高校時にバレーボールでインターハイへの出場経験がある。

「つかさまこと公式ブログ」 http://blog.livedoor.jp.yakusidou1/

本書の出版にご協力いただいた方々（順不同・敬称略）
青木稔　上峠法恵　河崎信敏　高岸知広　田代豊　長濱宣之　西川正人　早川浩一
藤川俊生　古川康雄　三嶋秀彦　宮本幸司　屋敷一字　屋敷孝子　ザッパ　ことめ

参考文献

いしぶみ 碑　～広島二中一年生全滅の記録～／広島テレビ放送編・ポプラ社
広島爆心地中島／原爆遺跡保存運動懇談会編・新日本出版社

本作品は広井由美子脚本の映画企画に、独自の創作を加えて小説化したものです。

愛が降る 球場物語

2016年10月7日　初版発行

著　者　つかさまこと
発行人　田中朋博

〒733-0011
発行　株式会社ザメディアジョンプレス　広島県広島市西区横川町2-5-15
TEL 082-503-5051　FAX 082-503-5052
ホームページ　http://www.mediasion.co.jp

編集　石川淑直
装丁　銀杏早苗
校正　大田光悦　森田樹璃

発売　株式会社ザメディアジョン　広島県広島市西区横川町2-5-15
TEL 082-503-5035　FAX082-503-5036
営業　高岸知広
販売　野川哲平　清水有希

DTP　STUDIO RACO
印刷・製本　株式会社 シナノパブリッシングプレス

ISBN978-4-86250-454-8